百年百部故事经典

泉水宴席

范国清　著

四川出版集团　四川人民出版社

图书在版编目（CIP）数据

泉水宴席 / 范国清著．-- 成都 ：四川人民出版社，2014.1

（百年百部故事经典）

ISBN 978-7-220-08989-3

Ⅰ．①泉… Ⅱ．①范… Ⅲ．①故事－作品集－中国－当代 Ⅳ．①I247.8

中国版本图书馆 CIP 数据核字（2013）第 222990 号

泉水宴席

范国清 著

责任编辑	韩 波 谢 寒
装帧设计	刘俣斌 张翠娟
责任校对	秦 璇
责任印制	王 飞
出版发行	四川出版集团 四川人民出版社 （成都槐树街 2 号）
网 址	http：//www.scpph.com http：//www.booksss.com.cn E-mail：scrmcbsf@mail.sc.coinfo.net
发行部业务电话	（028）86259459 86259455
防盗版举报电话	（028）86259524
印 刷	北京楠萍印刷有限公司
成品尺寸	155mm×218mm
印 张	14
字 数	144 千
版 次	2014 年 1 月第 1 版
印 次	2014 年 1 月第 1 次印刷
书 号	ISBN 978-7-220-08989-3
定 价	23.80 元

前言

中华文化数千年传承沿袭，故事作为重要载体功不可没。从人类开始用语言交流起，故事传播就开始了。从茶余饭后的口耳相传，到书肆茶坊的讲史说书，“嫦娥奔月”、“牛郎织女”、“三国”、“水浒”等故事，就这样家喻户晓，代代相传。随着社会文化的发展，故事逐渐进入文学创作，形成一种独特的文体。

新中国成立以来，故事报刊迅猛发展并逐渐成为各原创类文学期刊中发行量最大的门类之一。但故事图书的出版相对滞后，远远满足不了我国文化建设的需求。在这种背景下，我们策划编纂了《百年百部故事经典》丛书。

《百年百部故事经典》是中国原创故事作品和故事家的集大成出版工程，旨在“传承文明、推崇作家、推出精品”。书系既囊括了鲁迅、胡适、郁达夫、许地山、赵树理、鲁彦、穆时英、汪曾祺、陈忠实等名家的故事作品，也收录了范大宇、赵和松、丰国需、崔新三、吴帮国、顾文显、黄胜、王兴莱、梅永远等中国当代主流故事家个人作品单行本，跨越百年，精彩纷呈，展现了中国最有实力的故事家的故事构建与社会观照。

《百年百部故事经典》入选故事篇篇精彩，或是从一开始就紧紧抓住读者的神经，继而移步换景、欲拒还迎，直至将“包袱”抖出，令人拍案叫绝；或是平铺直叙却暗藏玄机，请君入瓮，让人感慨万分……故事虽为文学创作，却像一面面镜子，将人类的爱、恨、情、仇，社会的美、丑、善、恶映射在读者面前，全方位地展现社会各色人物的生活状态及内心世界，而在闹热之后留给读者的，还有一个个令人警醒的哲学命题和人间至理。

玻璃为镜，可以正衣冠；故事为镜，可以照心扉。《百年百部故事经典》的编辑出版，不仅对促进故事文学的创作有着积极的作用，也必将在不断实现艺术创新与文化繁荣的进程中，对滋养国人心性、培育中华民族未来一代健全的精神性格、文化心理、国民素质产生潜移默化的巨大作用和深远影响！

作者简介

范国清，常用笔名范菊明、朱美洪等，男，湖北武穴市文化局戏剧创作室专业编剧，湖北省作协会员，湖北省民间文艺家协会会员。迄今已在《故事会》《今古传奇》《新故事》《山海经》《上海故事》等国内故事刊物中发表各类故事作品达一百余万字，作品多次获奖。

故事作品代表作有：《牛背上的两只蚱蜢》（获《今古传奇故事版》2002 年度“优秀中篇故事”作品奖）；《天机不可泄露》（获《故事会》2002 年度优秀中篇故事奖）。发表于《山海经》上的《骨灰的价格》获中国故事期刊首届故事作品奖。发表于《故事会》2006 年的中篇故事《青松岭惊魂》由内蒙古电视台拍成同名电影，湖北电视台改编为《一念之差》电视短剧。《庄稼汉咬老婆》获《故事会》2008 年度“最有影响力故事”优秀入围作品奖。

目 录

仙人山上无仙人

1.掐准成仙的时辰

汤华是孔雀电视台《人间奇事》栏目的记者，专门搜寻人间奇事怪事。猴子无尾、公鸡下蛋、蛤蟆三只眼等，哪里有奇事哪里就有汤华。他在电视上公开了他的手机号，谁发现了奇怪事就跟他热线联系。

今天，汤华接到了一条短信，说巴奇山脚下有条柳河，柳河边有个苦楝村，那村上从没老寿星，稍上了点儿年纪的老人都乐着做仙人去了。咋做仙人呢？那村子的老人都能准确掐出自己的死期，掐准了，死后就成仙了。尸骨埋在村前的仙人山，竖上墓碑，刻上“仙人”二字，供后人纪念。

汤华带上摄像机赶到苦楝村。一进村口，几个村童见汤华肩上扛着一台摄像机，看稀奇地跟在汤华身后。汤华向他们打听村主任家，村童个个热情，带汤华往村主任家走。

村主任叫侯三,六十来岁，正蹲在家门口抽烟，远远地眯着眼瞅着汤华。汤华自报家门，说是孔雀电视台的记者，调查村上老人掐准死期成仙的奇事。侯三很高兴，径直带汤华去村前的仙人山。

走进仙人山，便见石碑丛丛叠叠，石碑上都刻着“仙人某某某之墓”，还有几行小字，记载着成仙者配偶、子女及成仙的年月。有的石碑因年深日久，经风雨剥蚀，字迹模糊。

汤华端着摄像机拍摄这些石碑，侯三在一旁感动地说：“苦楝村的仙人啊，孔雀电视台的记者来采访你们了！”汤华听侯三这么一嚷，端摄像机的手顿时颤抖起来，感觉那一块块青灰色的墓碑像一个个仙人从坟墓里爬出来，露出一张张苍老的脸，冲摄像机微笑。汤华怀疑地问侯三：“这些死去的人活着时，都掐准了自己的死期吗？”

侯三火了，指着墓碑道：“你以为这些仙人墓碑是苦楝村人造的假？像你们电视上搞的‘作秀’？这是实打实的，没半点儿假！”

这时候，山脚下有个人喊：“村主任，快上我家啊，我娘要成仙了！”

侯三脸上顿时露出微笑，忙对汤华说：“记者，你来得巧！”

要成仙的是村上的大脚奶奶，她已经七十六岁了，苦楝村像她这个年纪的女人都缠了小脚。大脚奶奶没缠脚，个头高，虽然老了，但身体棒，一日吃三餐，一餐吃三碗。大脚奶奶从不生病，但昨天村上一个孩子掉进村口池塘里，大脚奶奶下水把孩子救起来，她回家后就病倒在床上。

汤华和侯三赶到大脚奶奶家，见大脚奶奶房里挤满了人。这些人都是侯栓喊来的村人。侯栓希望娘当着村人的面掐一掐死的时辰，掐准了，就能成仙。房里挤的人太多，侯三带汤华挤到大脚奶奶的床前。侯三说："大脚奶奶，你要成仙啊？"

"俺这么大年纪了，该成仙了。"大脚奶奶看看房里的人，好奇地瞅着汤华端着的摄像机，问村主任，"侯三，这伢儿俺不认识呢，手上端个啥东西？"

侯三忙说："大脚奶奶，他是孔雀电视台的记者，想把你老人家成仙的经过拍出来上电视。你老人家有福气嘛。现在，你就掐一掐你成仙的时辰吧。要准啊，免得上电视闹出笑话，丢俺苦楝村人的丑。"

大脚奶奶郑重其事地掐着指头算，说："今天是啥日子？"

侯栓忙说："娘，今天是农历六月初三。"大脚奶奶掐着指头，说："俺六月初十午时成仙。"

2.盖新房挡了成仙道

众人陆续离开了房间，汤华愣愣地站在大脚奶奶床前，不相信大脚奶奶七天后午时死亡。老人面带红光，头发没白一根，门牙没掉一颗，像这样的老人起码能活一百岁！汤华发现大脚奶奶发烧，就从房里出来找侯栓。侯栓正和几个年轻人在村头砍一棵大树，准备做棺材。汤华忙说："侯栓，你娘发烧了，快把你娘送到医院去看看吧。"

侯栓砍着树，懒懒地瞟了汤华一眼说：“我晓得娘发烧了。成仙的老人是要得一点儿病的，不得病咋成仙？我娘把成仙的时辰都掐好了，只活七天，得个小感冒治个啥？”

汤华愣愣的，想着侯栓的话说得既有理又挺怪的。汤华住在村主任家，决定每天去看大脚奶奶，跟踪采访拍摄。第二天，大脚奶奶不发烧，感冒好了，但精神却比昨天差。第三天，大脚奶奶面色苍白，上气不接下气的。

大脚奶奶有一儿一女，女儿嫁到十多里外的柳家垸。娘要死，做女儿的一定得回家哭娘。侯栓去柳家垸给妹妹报信，没想到妹妹没回来。侯栓回家后，急呼呼地对大脚奶奶说：“娘，妹妹回不来了，你改个日子成仙吧！”

为啥要改日子？大脚奶奶的闺女家正造新屋，请了许多泥工木工，闺女没有时间回家哭娘！侯栓的妹妹还当着侯栓的面，骂娘成仙也不看个好日子，偏偏撞上她家盖房子！

大脚奶奶死的不是时候，老人半死不活地慢慢睁开眼睛，准备再掐个成仙的日子。

房里又挤满了人，村主任和汤华也挤在人堆里。村主任侯三说：“大脚奶奶，你闺女家起屋挡住了你成仙的道儿，起屋嘛，是人间的大事。你老人家再掐个时辰，只要时辰掐得准，仍算你成仙。”

大脚奶奶喘了半天气，问侯栓：“你妹妹家屋子啥时盖好？”

侯栓说：“月底应该能好。”

大脚奶奶沉默了一会儿，说：“那就在这个月最末一天成仙吧，午时三刻。”

3.离成仙还有二十天

神奇得很，大脚奶奶的气色一天天好起来。几天后，她居然从床上爬起来看棺材，还拎着篮子上菜园摘菜。汤华端着摄像机跟着大脚奶奶，估量着她这个月绝对死不了！

人是说不清楚的。二十四日那天，大脚奶奶突然病倒了，一天没吃东西，没有人知道她得了啥病。侯栓端碗面说：“娘，吃点儿吧！”大脚奶奶闭着眼睛，摇着头，说不想吃。汤华见状，叫侯栓把大脚奶奶送医院。侯栓冷冷地说：“俺娘这么大年纪了，月底就要成仙，送医院糟蹋钱哩！”汤华哑口无言。侯栓不再理汤华，说：“娘，我去妹妹那儿，妹妹叫我去帮她盖屋子，你就在家躺着。”说着，就上柳家垸去了。

当天下午，侯栓突然从柳家垸匆匆跑回家，喊着：“娘，妹妹挑水做饭，在井台边摔了一跤……”

大脚奶奶一个激灵，翻身而坐，说：“你妹妹没摔着吧？”

侯栓说：“还好，只把一只手摔得做不了事。妹妹叫你去帮她家做饭。”

大脚奶奶一骨碌从床上爬起来，沿着柳河堤坝朝柳家垸走，健步如飞。汤华端着摄像机跟着大脚奶奶，一边拍摄一边小跑，就跑到了柳家垸。

柳家垸在柳河岸边，村口站着一个四十来岁的女人，一只胳膊吊着绷带。她一见大脚奶奶，就撒娇地说：“娘！你走快一点儿呀，都快把我急死了！”大脚奶奶几步跑到闺女身边，抚摸着闺女的手臂，说：“闺女哎，你咋这么不小心啊？你莫急，娘做饭来了。”

女人“嗯”了一声，瞟了汤华一眼，问她娘：“娘，他是谁？”大脚奶奶忙说：“听说是孔雀电视台的记者，这个月头就一直跟着娘，要把娘成仙的事拍出来上电视哪！”女人脸上露出了笑容，对汤华挺客气，叫汤华住在柳家垸，跟踪她娘拍摄。

在柳家垸，大脚奶奶每天要做二十多人的饭，等大家吃完饭，她就把锅里的饭吃三大碗。桌上菜盘里有肥肉，她偷肉吃被人看到了。她女儿说：“娘，要吃肉就吃肉，别躲躲闪闪的，我不像我哥，怕你吃。”大脚奶奶很不好意思，恨自己胃口太好了。几天后，经常吃肉的大脚奶奶满脸红光，整天忙忙碌碌的，大桶提水，抡斧劈柴。

汤华暗暗想着，身体这么好的奶奶，在这个月末的最后一天死得了吗？成得了仙吗？

不几天，大脚奶奶女儿家的新屋盖好了，大脚奶奶正乐得合不拢嘴，就被村主任派来的一辆农用车接回苦楝村，举行成仙仪式。

4.掐准成仙时辰的秘密

苦楝村的村口聚着密密麻麻的人，在侯三的安排下，大脚奶奶坐在村口中央摆的一张老木椅上，村人有秩序地围着，一副静穆的神情，观看大脚奶奶午时三刻成仙。

太阳当顶，午时三刻快到了。侯栓穿着白孝衣跪在大脚奶奶脚下哭着。而大脚奶奶的女儿居然说等娘进了棺材后再来哭娘。

大脚奶奶坐在椅子上，转动着脖子看着村上的人，看汤华端着摄像机，看跪在膝下哭泣的儿子，她抬头望天，慢慢闭上眼睛，然后低下头，很久。她低头一动不动，村人屏住呼吸：大脚奶奶的灵魂正在上天。

一个小村童跑过去，看低着头不动的大脚奶奶，见大脚奶奶腮上正淌着泪水，喊了一声："奶奶在哭！"

村口一阵骚动，大脚奶奶抬起头，老泪纵横。她显得难为情，双手捂着脸说："唉，今天这个时辰成不了仙，咋死也死不了！"

村上的人大感意外。根据苦楝村人以往的经验，像大脚奶奶这样上了年纪的人，平生勤劳、积善积德、儿孙齐全，算是一生修炼得可以，咋就没掐准自己死的时辰？往后死了，做不了仙人啊。大家都惋惜不已。

侯栓搂着大脚奶奶的腿大哭："娘啊，别人的爹娘都成仙了，你咋不成仙啊？"

村主任侯三走了过来，一脚把侯栓踢开，瞟了一眼正拍摄的汤华，再转过脸对大脚奶奶说："记者刚来咱村儿，就怀疑仙人山上的一块块仙人墓碑是作秀，是弄虚作假。瞧你老人家，没掐准成仙的时辰，记者会相信咱仙人山上有那么多仙人吗？记者要是曝了光，你一个人把仙人山上的仙人碑都搞臭啦！"

大脚奶奶抹了一把脸上的老泪，把汤华叫到身边，说："记者伢儿，这事儿别上电视了。”

汤华说：“大脚奶奶，今天你没成仙，我很高兴。仙人山上的一块块仙人墓碑是作秀，这世上没人能推算出自己何时死。”

“不！”大脚奶奶痛苦地摇着头，“那些仙人生前都掐到了自己离开人世的时辰，那是个简单的事儿，只是俺不能说。”

侯三和汤华要大脚奶奶说。大脚奶奶犹豫再三，说天机不可泄露。如果实在要她说，就把村上的年轻人和孩子都叫开。侯三却不让大家离开，都听大脚奶奶说天机。大脚奶奶被逼得没办法了，只得对着汤华的摄像机镜头说了起来：“咱们苦楝村的老人，只要活到六十岁，就可以悟出自己成仙的时辰。我活到快八十岁了，身体健康。这个月头上发烧，躺在床上不能干活儿。侯栓也常常羡慕别人的爹娘都成仙了，俺就打算这个月成仙。掐准的时辰是初十午时，哪想到闺女家盖新屋，没空儿回家送娘成仙。俺再掐个时辰，是今天午时三刻，这时辰也没掐错，错就错在近几天我在闺女家做饭，一忙碌，忘了成仙的时辰，在闺女家吃了很多肉，就难成仙了。”大脚奶奶说到这里，就不想再往下说了。

苦楝村人都静静的，似乎还没听出大脚奶奶话里藏的玄机。汤华也没听明白，问：“大脚奶奶，吃了肉就成不了仙？”

大脚奶奶怆然下泪：“俺在这个月的初三第一次掐成仙的时辰，时辰定在初十。从初三到初十，俺打算不吃一粒米，不喝一口水。人七天不吃不喝，心里念着午时，准在七日后午时成仙。这天机只在村上六十岁以上的老人中相互传着门道，不让六十岁以下的人知道。仙人山上的仙人，都是一个个躺在床上饿死的。

他们老了，肩不能挑背不能驮，再有个病啥的，更遭儿女嫌弃，就走上了做仙人的路……”

苦楝村村口死一样沉寂，突然“呜”的一声，像天国涌来了潮水，全村的人都跪在村口，望着村口仙人山上丛丛的“仙人”石碑大哭。

村主任侯三抹了抹脸上的泪，走到端着摄像机发呆的汤华面前，哽咽着说：“你别愣着，俺苦楝村人做事从不玩虚的。你继续拍摄吧。你手机上的短信是我托人发给你的。那天，大脚奶奶躺在床上病了，我担心她会成仙，就把你叫来了。她闺女借口盖房不回家，在井台摔一跤，都是我跟她闺女串通好的。我希望看到今天这个场面，希望晚辈们知道死去的老爹老娘，是怎样掐准死的时辰，做的是啥仙人……”

侯栓从地上爬起来，脱下白孝服，搀着大脚奶奶，哭着说：“娘，俺真糊涂，以为掐准死的时辰就真的成仙了。那个时辰好掐，好掐！你就别掐那个时辰做仙人了。”

汤华离开了苦楝村，决定回去做一期电视节目，题目就叫《苦楝村的仙人》，让更多的人知道苦楝村的仙人。这世上，一定还有很多“仙人”不是葬在苦楝村的仙人山上。

骨灰的价格

一个做豆腐的只身去河南一县城开豆腐坊，因本钱不足，向房东借了两万元钱。不幸的是两个月后做豆腐的得急性脑膜炎死了。房东只知做豆腐的是湖北人，一时难以找到他的亲人，就把他火化了，骨灰盒也没买，只用牛皮纸包了两层，藏在家中。

做豆腐的家中只有一个女儿，名叫小朵。小朵见爹出门半年，杳无音信，就出门寻找。找了几个月，终于找到了，但爹已成了一个牛皮纸包。房东对小朵说："你爹生前向我借了两万块钱，你把钱还给我，就可以把你爹的骨灰领回家。"小朵没钱，回家后，天天哭。

小朵的邻居叫喜喜。喜喜是个很厚道的人，手里积攒了两万块钱，但半年前借给邻村金发老汉做生意了。每天夜里，喜喜都听到小朵嘤嘤哭。他眼睛红红的，对老婆说："小朵那孩子可怜，她爹生前对咱们家不错哩，经常把豆腐渣白送给咱们喂猪，咱们是不是把钱跟金发老汉要回来，给小朵领她爹的骨灰？"

喜喜的老婆爽快地答应了。于是，喜喜领着小朵去邻村金发老汉家，说："金发哥，我邻居做豆腐的死在外乡，那房东要小朵先还债，不然，不给骨灰。你把借我的两万块钱还给我，我给小朵。"

金发老汉是个牛贩子，贩了一生的牛，却没发大财。听了喜喜的话，眼睛骨碌地转了几下，说："这样吧，我跟小朵一块儿去把她爹的骨灰领回来。到时候，我借你的两万块钱就算还给你了。"

小朵和金发去了河南，找到了房东。金发朝房东赔着一脸笑，道："房东呀，你真是个大好人。你借钱给小朵爹做生意，他死了，你又帮他处理了后事，世上像你这么好的人太少了，真让我佩服啊！"

房东一听，心里像喝了蜜似的。他笑着问金发："你跟做豆腐的是啥关系？"

金发叹了一声："我跟他没啥关系，仅仅是邻村，生前打过个把照面。唉，真没想到他身死异乡，连骨灰也回不去，这真把他女儿给害苦了。他家里穷啊！小朵这孩子很孝顺，没钱领她爹的骨灰，天天在家里哭，我可怜她，就带了五千块钱来，望你行个好，把骨灰还给这个可怜的孩子吧！"

房东愣了一下，想金发与做豆腐的非亲非故，只因可怜做豆腐的女儿，就千里迢迢送来五千块钱，也是个大好人。再说这做豆腐的女儿实在拿不出钱，留着她爹的骨灰在家干啥呢？吃不得，卖给别人也没人要，不如做件好事罢了！于是，房东对金发笑道："唉，这孩子也够可怜，我把骨灰给这孩子啦！"他接过金发的五千块钱，数也没数就塞进口袋，然后从柜子里拿出牛皮纸包和一张两万元的借条。

金发把小朵爹的骨灰装进一皮包内，拎着回乡了。回到家中，金发对小朵说："你去把你喜喜叔叫来，我把你爹的骨灰亲自交到他手上。"

不一会儿，喜喜来了。金发说："喜喜呀，这是小朵爹的两万块钱的借条。你叫我去领小朵爹的骨灰，我把骨灰领回来了。你把骨灰拿去，我借你的两万块钱就这么两清了！"

喜喜大诧："听说你只花了五千块哩！"

金发点点头："不错，我只花了五千块。你应该明白，做生意的总是将本求利。我大老远地去河南，又费了不少口舌，当然为了一个赚。这骨灰本来明码标价两万元，这死鬼不是你亲爹，你是做好事，我是做生意，你赚名声，我图钱财。你走你的路，我过我的桥。"

喜喜脸色惨白，怒道："金发，你还是个人吗？没想到你做骨灰生意，赚死人钱！反正骨灰的事我不管了，你还我钱来！"

两个人闹僵了，对簿公堂。

法官问金发："原告起诉你借他两万块钱，这借条上是你的亲笔签名。你有什么话说？"

金发振振有词："原告派我去河南赎骨灰，这骨灰明码标价两万元。货已到位，原告不接货，那笔借款我也不还了，希望法官明察。"

法官说："有合同吗？"

金发说："咱们乡下人做买卖，从来不订合同。"

法官说："法院办案重证据，你说骨灰值两万元，请你提供证据。"金发把做豆腐的那张借条递给了法官。很快，这个"骨灰借款纠纷案"当庭判决：

"一、金发必须在十五日内偿还喜喜两万元的借款，并负担一千二百元的诉讼费；二、死者生前两万元的借款由死者子女偿还，如果其子女无力偿还，金发可把死者的骨灰扣留在家作抵押。"

小朵没钱，金发只得把骨灰锁在家中一铁皮柜里。

小朵觉得爹的骨灰在邻村，离家近了，但爹的骨灰涨了价。金发要两万一千二百元，因为诉讼费也要算到她爹的骨灰上。喜喜给了小朵六千二百元，说她爹的骨灰就是这个价，多一分也不给。小朵就揣着六千二百元天天在金发家门口打转转。

金发有个儿子叫大牛，他见小朵天天来他家门口，就喜欢上了她。他对小朵说："你一分钱也别给我爹，我把骨灰偷给你。"大牛不敢明偷，他知道他爹爱财如命，如果把骨灰白送给小朵，他爹会跳河的。大牛就跟他娘说了。大牛娘说："你爹把骨灰藏在家里，我夜夜做噩梦，怕死了！如果把骨灰送给小朵，你爹一定不饶咱娘儿俩，怎么办好呢？"大牛就叫他娘趁他爹睡觉时，把他爹身上锁铁柜的那把钥匙偷来。

几日后，大牛把小朵爹的骨灰偷了出来。

大牛常常到小朵家玩。不久，人们就议论大牛和小朵谈恋爱了。这风声传到金发耳里，金发气得不得了。东村西村，姑娘多的是，为啥偏跟死鬼的女儿谈哩！他打开铁柜，用手抚摸着里面的牛皮纸包，自言自语："儿子不争气，这骨灰值两万多，要是他跟小朵谈上了，我怎么好向小朵讨钱呢？"

金发骂过大牛好几回，但无法阻拦大牛跟小朵谈恋爱。半年后，小朵上金发家来，亲热地喊了他一声"爹"。金发哼哼鼻子，心想："冲我喊爹？冲我家那包骨灰喊爹吧！"

小朵跟大牛定亲了。小朵拜喜喜为干爹，喜喜就领着小朵上金发家来。喝酒时，金发心里又高兴又难过，高兴的是儿子有了媳妇，难过的是那包骨灰变成了亲家翁。小朵准备回家时，大牛娘把金发扯到房里，说："老头，小朵跟大牛定亲，我们家得给她聘礼。如今时兴'三金'，给她几千块钱买耳环、戒指和金项链吧。"金发摆摆手："'三金'就免了！我把她爹的骨灰给她，两万多块，谁家的媳妇定亲有咱们家这样贵重的聘礼！"

金发打开铁柜，拿出牛皮纸包，吹吹上面的灰尘，格外庄重地递给小朵，说："小朵，爹给你最贵重的聘礼！"

小朵拎着牛皮纸包走出门，金发依依不舍地望着那牛皮纸包。当小朵走到村口，路过一池塘边，金发冷不丁地望见小朵将手上的牛皮纸包猛地往池塘里一丢，砸得嗵的一声水响。金发大惊，对大牛娘说："老婆子，小朵把她爹的骨灰丢进塘里了！"

大牛娘笑着说："什么骨灰哟，一包煤灰。"

很快，村上的人都晓得金发给儿媳的聘礼是一包煤灰。金发走到哪儿，必有人问起这事，他羞得不知咋回答。小朵上金家来，金发很难为情，捧着烟袋上邻居家。邻居说："金发，儿媳来了，你别不好意思，丑公公总要见儿媳面的。"

金发唉了一声："真没想到，一包值钱的骨灰变成了一包不值钱的煤灰。"

邻居说："不，它变成了你家的无价之宝！"

强盗与瞎子

柳江北岸的溪口镇是个五县通衢的繁华之地。店铺旅社排满了街，来往商旅十分纷杂。

一日黄昏，一个客商模样的胖子坐着一辆人力三轮车，在开心旅社门前停下。胖子和三轮车车夫将车上一口大木箱抬到旅社里。随后，胖子给了车夫三元钱，车夫就走了。

旅社的老板姓杜，他朝胖子迎过来，招呼道："老板，住旅社吧？"胖子用手掌当折子扇儿扇了几下风，对杜老板说："是啦！不知你旅社条件怎么样，我先看看房间，再登记住下。"杜老板便领着胖子上到二楼，看了几个房间，胖子表示不满意。便上三楼，他仍嘀嘀咕咕不满意。上到四楼，杜老板对胖子说："我私人开个小旅社，条件就这么个样子。这四楼的401房间算最好的，是个双人间，已住进一位客人了。"杜老板打开房门，胖子把头伸进去，眨着黄豆眼瞅，见房间里摆着两张席梦思，有个中等个子瘦瘦的人正坐在一张席梦思上翻电话号码本，手里还拿着一部手机，显得像个有钱人。胖子回头对杜老板说：“这房间还可以，隔壁 402 房间比这好些吗？”杜老板忙说：“隔壁已有个算命瞎子和他老婆住下了哩！”胖子就决定住在 401 房间。

杜老板领胖子看好了房间，便叫胖子下楼登记。胖子摸半天口袋，最后说身份证丢了。杜老板就叫他写上名字和家庭住址算了，反正是私人小旅社，有客不放过。杜老板见胖子有个大木箱，便问胖子有没有贵重的物品寄存。胖子摇摇头，随后，胖子搬木箱上楼，搬不动，便叫杜老板帮忙。杜老板跟胖子抬着大木箱上楼梯，杜老板喘着气问：“怪沉的，箱里什么鬼东西呀？”胖子笑着说：“家乡的一些土特产，牛肉干和葡萄干，送给我一个亲戚的。”

胖子住进了 401 房间，便跟同房的瘦子旅客闲聊起来。胖子很快就摸清了瘦子是来溪口镇进一批羊毛衫回去卖，他看见瘦子腰间系着鼓鼓的羊皮钱袋。

天黑后，瘦子坐在床上看电视，胖子端着一杯茶从房里溜出来，到 402 房间串门。

402 房间的瞎子约四十岁，方方正正的脸，两个眼眶下陷，黑洞洞的。瞎子的老婆三十多岁，长得眉清目秀。这么漂亮的女人怎么会嫁给一个瞎子呢？胖子跟瞎子老婆没话找话，没想到瞎子的老婆一句话也不回答，只微笑地看着胖子翘动的嘴唇。坐在一旁的瞎子慢吞吞地说：“客人，别白费力气，我老婆是个聋子。”胖子“呵”了一声。瞎子又说，“我老婆还是个哑巴。”胖子忍不住发笑，捂着嘴巴从 402 房间退了出来。

胖子回到自己的房间，见同房的瘦子打哈欠宽衣睡觉，但羊皮钱袋仍系在腰上。胖子没一点儿睡意，一直心不在焉地看电视，听着瘦子的呼噜声。到了半夜，他把电视机关了，隐约听见隔壁房间的瞎子也发出阵阵呼噜声。胖子悄悄打开了他的大木箱。

木箱里装的不是牛肉干和葡萄干，而是一个瘦子。瘦子从木箱里蹦了出来，像壁虎那么敏捷。胖子朝木箱里蹦出的瘦子打了几个手势，两人便张牙舞爪地朝床上躺着的瘦子扑去。胖子双手卡住床上瘦子的脖子，瘦子则按着床上瘦子的双腿。睡梦中的瘦子被卡得弹腿翻白眼，拼命挣扎，一只脚在挣扎中蹬了几下墙壁。不久，被卡的瘦子就断了气。胖子脱了死瘦子的衬衣，解开他腰上的羊皮钱袋。活瘦子则把他的衣服脱下来穿在死瘦子身上，再把死瘦子的衣服穿在自己身上，把羊皮钱袋扎在腰间。随后，两人将死瘦子扭成一团塞进大木箱里，盖上盖子，上好锁。

这谋财害命刚开了个头，忽听得房门咚咚地响起来。胖子和活瘦子一惊，活瘦子钻进被窝里睡觉，胖子去开门。

瞎子拄着一根棍子立在门外。他露着黑洞洞的眼眶，眉毛一皱一皱地说："客人啦，咱们都出门在外谋生，不容易呀！深更半夜弄得房里乒乓响，把我都吵醒了。我眼睛看不见，但耳朵挺管事儿的哩！"

胖子忙说："瞎子呀，刚才我跟同房客人掰手腕比劲儿，打搅你休息，对不起啦！我们现在不掰手腕了，你回去睡吧！"

瞎子又皱皱眉毛，慢慢走了。不一会儿，瞎子在房里跟他老婆打架了。瞎子照他老婆屁股啪啪啪三巴掌，他那个又聋又哑的老婆哇啦哇啦的哭声惊动了隔壁的胖子和活瘦子，也惊动了开心旅社的杜老板。

杜老板急匆匆赶到402房间，见瞎子打老婆，便制止说：“瞎子，人家都说瞎子打老婆乱碰，你却掌掌打得那么到位。别打啦，吵得满旅社的人睡不着觉！”

瞎子又摸准他老婆的屁股啪的一掌，骂道：“睡死啦！刚才我出去撒泡尿，回来便发现我的一袋毛票子被人偷去了。我眼睛看不见，你眼睛也看不见？”

瞎子的聋哑老婆只是哇啦地哭。

杜老板惊讶地盯着瞎子：“你的钱被人偷了？多少钱？”

瞎子呜呜哭道：“三千多块呵！我半年多挣的算命钱哩！都是一元五角的毛票子！是哪个没良心的偷我瞎子的钱哪！”

杜老板听后立即返身下楼，他关上旅社大门，便向公安机关报警。不一会儿，来了好几个警察。警察来到402房间向瞎子了解一下情况后，便决定搜查。因为瞎子的几千块零票子有一大包哩。

警察最先敲开瞎子隔壁401房间，出示民警证后，对胖子和活瘦子说：“同志，你们隔壁一个瞎子失窃，我们履行公务，这旅社每个房间都要搜查一下。”

活瘦子从床上爬起来，把死瘦子的衣服穿在身上，骂骂咧咧道：“老子今天真倒霉，刚才女人哭，这会儿警察又要搜查，吵死人了！”警察在房里搜查了一会儿，没发现瞎子的那袋零票子，便用脚踢踢墙角边的大木箱：“谁的？”

胖子说：“我的。”

警察说：“打开看一看。”

胖子慌了：“警察同志，这木箱里装的是我家乡特产牛肉干和葡萄干，没啥好看的。”胖子迟迟不开箱，一个警察火了，操起一把铁锤，咣当砸了锁。揭开箱盖，见箱子里躺着一个死瘦子。几个警察大吃一惊，旋即像老鹰一样朝胖子和活瘦子扑去。

警长在401房间正准备安排警察将带上了铐子的两个强盗送局里，另外安排人继续搜查瞎子的一袋零票子。瞎子拄着棍子走进来，笑了笑说：“不必再搜啦！”

警察们怔了怔。瞎子说：“我根本没丢一袋零票子。今夜我睡觉被隔壁房间异样的响声惊醒了。我推算可能有人谋财害命。耳听为虚，眼见为实。我是个瞎子，没亲眼见到，不敢冒失报警，怕惹出笑话。我只得打我老婆，惊动众人，再推说一袋零票子被人偷去，要警察来搜查。我估计警察会搜出什么，果然如此。”

警察们一听，忍不住大笑起来，对瞎子的计谋啧啧称奇。

两个一胖一瘦的强盗听瞎子这么说，气歪了嘴。他们第一次作案，就栽在瞎子手里，真是天网恢恢，疏而不漏。

死得很明白

在一个大山区里，有一个小山村。村前的山林里有一个贼，以偷盗为生。贼手下有一群经他训练的贼猴。这群贼猴在作案时各有分工，如侦察猴、望风猴、开门猴和运输猴，等等。这些贼猴都奉贼为大王，没一个不听贼的。

贼每次带着一群贼猴下山偷东西，没有不得手的。只是去年，交通闭塞的山村牵了电线，再也不点油灯。贼从不跟外界打交道，不知电是个啥玩意儿。他见山下的人用电灯照明，亮堂堂的，便叫猴子去偷电灯泡。结果猴子被电死了几只，最终没偷回电，只偷了几个不亮的灯泡。贼和贼猴觉得电那东西太神秘可怕了，最终打消了偷电的念头。

这年夏天，村上有个女大学生从城里放暑假归来，还带回了一台电脑。贼听到了这个事，暗想着电脑是啥玩意儿？电脑电脑，电的大脑，电这么厉害，电脑岂不更厉害？

贼决定亲自下山一趟，打听一下电脑的事，看看电脑能不能偷。

这位女大学生的家是村上最富的人家，父母在县城做生意。她家有一道高高的围墙，院子外边有一棵老槐树。这天，贼爬上老槐树，朝院里窥探，正遇上白发奶奶坐在门前，跟村上一个来串门的婶婶说着话儿。

老奶奶说："俺孙女带回一个叫电脑的东西，真厉害。她用电脑写字、画画儿，还用电脑打仗哩！俺孙女摁一摁老鼠大的一个东西，电脑里就出来很多兵，有拿枪的，还有打高射炮的兵，那些大兵都听俺孙女的调遣呢。"邻居婶婶一听，兴奋地说："老人家，叫你孙女派电脑里的大兵朝山上的那窝贼放一炮，看那群贼……"

贼一听这话，吓得脸色惨白，忙从老槐树上溜下来，急急跑回去。他看着那群正在玩耍嬉戏的贼猴，叫它们赶紧撤，可能有高射炮打过来。一群贼猴吓得屁滚尿流地从窝里撤了。

贼带着猴子远远躲在一个石洞里，直到天黑，也没见高射炮打窝子。贼还是不敢回窝，召集贼猴开会研究对策，决定把电脑偷到山上来。

月光朦胧，贼和十多只贼猴子来到那家院墙外的老槐树下。贼派一只望风猴先爬上老槐树望风。望风猴爬上树，四下张望，见院子里没人，院里人家的电灯都熄了，便朝树下的贼眨眨眼，使个眼色，表示可以行动了。

贼立即派侦察猴和开门猴带上绳子，翻过围墙。开门猴顺利地抽开了门闩，悄悄打开了门。侦察猴偷偷地进了一间房子，看见女大学生和她奶奶睡得正香呢，又瞧瞧屋子四周，见墙壁边一张桌上放着一个四方形的家伙，侦察猴从没见过，估计就是厉害的电脑。侦察猴不敢去碰。

睡在床上的白发奶奶听到房中轻微的动静，醒了，微微睁开眼，借着月光，看见房里的猴影围着孙女的电脑晃动着，吓了一跳：糟啦，一定是贼带着一群贼猴趁夜色摸进屋里来了！咋办呢？老人想叫孙女打开电脑，让拿枪的大兵出来打贼，可眼下电脑关着，来不及了啊！如果惊动了贼猴子，说不定贼猴还要对人行凶，老人就装作睡着了。

侦察猴鼓捣了半晌，终于将绳子套住了电脑显示器，然后匆忙地跳过围墙，将绳子递给贼头，告诉贼，已把电脑捆起来了，可以拖着跑。贼立即命令一群贼猴抓起绳子拖。大伙猛一用力，都跌倒了。将绳子拖过围墙，却发现绳子上没捆电脑。

望风猴见屋里并没冲出拿枪的大兵，只见女大学生从门里探出头，往院子四周一瞧，就关了门。望风猴见罢，朝围墙外树下的贼和一群贼猴子眨眨眼，示意平安无事。

贼立即朝侦察猴和开门猴挥了一下手，决定再给它俩一次机会。

两只贼猴子很紧张，这回不敢直接入户。它俩来到一扇亮着灯的窗户前，悄悄趴在窗台上，往房里瞄着。

女大学生正在启动电脑。刚才，那两只猴子出门后，奶奶就将她唤醒了。奶奶怕孙女出事，为了给孙女助威，大声地说：“孙女，别怕，你用电脑打死这群贼猴子！”

女大学生在奶奶的提醒下，将电脑启动后，点击了一个叫《英雄虎胆》的游戏。这时候，她看见两只贼猴趴在窗外，将眼睛贴在玻璃窗上，正盯着她和她的电脑呢。她装作没看见，不动声色地将电脑的显示器调个方向，正对着窗户。

显示屏上出现了一个头戴钢盔手持冲锋枪的大兵，大兵举起枪，“啪啪……”放一梭子子弹，随着枪响，显示屏上还闪着一串火花。窗外两只贼猴子吓得眼一闭，滚下窗台。它俩还以为自己中枪了呢，在窗下待了一会儿，然后爬起来，跳过围墙。

贼见这两只猴子逃了回来，忙询问了一番，得知电脑里藏着拿冲锋枪的大兵，并朝两只贼猴发了一梭子子弹。贼将两只贼猴子身上检查了一下，没挂花嘛！贼毕竟比猴子还是要聪明一点儿，暗想着这里头莫非有诈？

贼在围墙外待了一会儿，听见院墙内传来阵阵枪声，却不见大兵出来，真是蹊跷啊！他决定亲自爬上树，看个究竟。但他心里还是有些害怕，假若上树了，一下子下不来咋办？他想了想，然后将一根长绳子系在脚脖子上，吩咐树下的一群贼猴子说：“如果电脑突然从屋里冲出来抓我，我就朝你们眨眨眼，你们就拉着这绳子跑。千万不能让我落入电脑手里，你们知道了吗？”

一群贼猴子立即点头，全都紧紧抓住绳子，看着贼爬上树。

贼爬上了老槐树，看见院子里空空的，亮着灯的窗户仍传出冲锋枪的响声，而且，玻璃窗上闪着五颜六色的光。他愣愣地琢磨着：这到底是咋回事呢？这时候，头顶上的那只望风猴听着枪声，吓得浑身哆嗦，屁股后面滴着尿，滴到贼的额头上。猴尿顺着贼的额头往下流，打湿了贼的眼睛。贼难受死了，低下头，眨眨眼。树下的一群贼猴见状，呼啦一声："电脑要捉大王啦！"立即拉起绳子没命地跑。

不一会儿，一群贼猴子拖着贼跑到山林里，停下来喘气。大家发现拖在后面的贼大王没被电脑抓去，但贼大王身上的衣裤不知咋的全没了，只见他赤身裸体躺在草地上，全身血肉模糊，人早没气了。一群贼猴子大惊失色："电脑把大王杀死了，衣服也剥走了，电脑真是太可怕了！"

此时，只有那被猴子活活拖死的贼心里明白，世上啥是最可怕的！

金蛤蟆传奇

1.茹银花巧遇强盗

茹银花提着篮子准备上街买菜，刚打开门，忽见一个剃着板寸头的汉子拎着一个黑色密码箱在楼梯上匆匆奔跑，茹银花惊讶地立在门旁。那人盯了她一眼，说：“嫂子，你门开得真巧！”说完就钻进房里。茹银花大吃一惊，冲“板寸头”大嚷：“你是谁？跑到我家干啥？快出去，要不，我就报警了！”“板寸头”旋即把门关上，一歪嘴露出凶相，竟从腰间拔出一把手枪，对准茹银花的胸口：“哼！你报警，你报嘛！”说着又把枪朝电话那边指了一下。

茹银花从没碰到过这种事，又听见外面的街上有警车的鸣 d笛，她心里那个怕呀！她浑身哆嗦着，对“板寸头”说：“大哥，咱们好说好商量。”

“板寸头”狞笑着，用手枪轻轻敲了一下茹银花的额头说：“这样还差不多，识时务者为俊杰。实话跟你说啦，我是个强盗……”

茹银花一听说“强盗”，背上直淌冷汗。她环视一屋子的家什，家里啥东西她都不愿强盗抢去，特别是柜子里还有些金银首饰和几万元的存款单。可一个女人在家，怎么对付这个持枪的强盗？她眨眨眼，淌出几滴泪珠儿，说：“大哥，你是好汉，可惜我家穷呢！上有老，下有小，我又下了岗，丈夫是个小医生，一个月才千把块钱，养家都困难呢！大哥上门来了，我也不让你白跑，给两百块钱是个心意。”茹银花一边说一边从口袋里掏钱。

强盗气青了脸：“他妈的，二百块钱打发乞丐是吧？我是个江洋大盗，你把我当扁鱼看扁了！不过，今天上你家来并不是打劫。想托你办点儿事，不知你给不给面子？”

茹银花听强盗这么说，心头一喜，抹干脸上的几滴泪，问强盗托她办啥事。强盗把黑色密码箱往她面前轻轻一放：“嫂子，刚才我下火车时碰到几个警察追我。我好不容易才把他们甩掉，乱撞到你家来了。这也是缘分，咱们一回生，二回熟。我想在你家躲几天，你把我这只箱子藏在家里，怎么样？”茹银花怔了怔，觉得这事不好办，若警察知道了，那叫窝藏罪。特别是这强盗手里有枪，她丈夫和孩子回家，若是惹火了强盗，说不定一家人性命全结果在他手里。茹银花说：“大哥，你好糊涂，警察正追你，他们肯定知道你在这一片，一旦搜到我家来了，你不成了瓮中之鳖？我劝你趁早离开我家。”

强盗想了一会儿，觉得茹银花说的有道理。他决定把密码箱藏在茹银花家，自己化装先离开这里。他把茹银花丈夫穿的一件灰色风衣披在身上，戴上墨镜，围了围巾，在镜子前晃了晃，问茹银花：“你看我这样子，不像个强盗吧？怕还有点儿像你丈夫吧？”

茹银花压着火气说：“不像强盗，像个大款。”

强盗嘿嘿一笑。出门前，他追问茹银花她丈夫叫什么名字，在哪家医院上班，又追问她儿子叫啥，在哪个学校念书。茹银花不愿告诉他。强盗拿出枪恫吓茹银花，茹银花只得告诉他了。强盗露出一脸凶相警告茹银花：“我离开后，你好好保存我那只密码箱，不要告诉任何人，包括你丈夫。到时候我上你家来取箱子。我走之后，你若报警，我会杀你丈夫和你孩子！我说到做到，不放空炮！”说毕，将手枪往腰后面一插，走了出去。

茹银花见强盗走了，砰地关上门。

2.曹金一的惊讶

强盗从茹银花家出来，像个阔人似的下楼梯，大摇大摆。从楼梯下来后，穿过几条小街，步子越走越快。忽然，一个骑自行车的人迎面而来，盯着强盗，刹住车，挡在强盗面前，很客气地说：“先生，请你把墨镜取下来，让我瞧一瞧。”强盗一怔，没取墨镜，问挡路的人：“你是什么人？凭什么要我取眼镜，你想看老子？老子又不是美女，有什么好看的？真他妈的没事找事，快让开！”

那人一脸惊愕，把强盗上下打量一番，说：“先生，恕我冒昧，你穿的风衣是我的，左下摆有个蚕豆大的洞是我抽烟不小心烧的。真是怪呀，你围的围巾也是我的，蓝格子围巾，是我老婆给我买的，没错！你这一身打扮，真有点儿像我。我想你取下墨镜，让我看看你到底是谁。”

原来，这骑自行车的人就是茹银花的丈夫曹金一。他从医院回家吃中饭，没想到与强盗撞个正着。

强盗一听，就估计他是茹银花的丈夫，真是活见鬼了！强盗虎着脸冲曹金喊道：“放你娘的屁！你以为这世上只你老婆给你买蓝格子围巾？你以为服装厂只给你一人生产灰色风衣呵？你以为这世上只你这抽烟的男人给风衣烧个洞呵？真像个三岁毛孩，懒得跟你啰唆！”强盗说着，抽身便走。

曹金一觉得这事巧合得太好玩了，怎么也不肯放强盗走。当强盗从他身边走过去时，风衣一角往上一撩，挂在自行车架上。曹金一顺手扯了一把他太熟悉的风衣，把后摆都撩起，强盗变得像个开屏的孔雀，还露出腰后面别的那把手枪。曹金一失声地惊叫：“呀，手枪！”

这时候，几个正在搜捕强盗的警察从一小巷里出来，听得曹金一喊“枪”，立即警惕地追上来。强盗一见警察，拔腿便跑。警察齐声高喊：“站住！”并鸣枪示警。强盗一听枪声，慌忙拔出手枪，一边跑一边歪过头，朝身后乱放枪，打得几名警察齐齐卧倒。一毛头小警察趴在地上，见强盗持枪行凶，决定给他一枪。只听砰的一声枪响，强盗惨叫一声，倒在地上。

曹金一见强盗被打翻在地，立即追过去观看。他看见他的灰风衣变成红灰花色风衣，上面多了一个比蚕豆大得多的洞，正咕嘟嘟地冒血。曹金一惊恐得说不出话，再不敢说那风衣是他的了。他用手捂着嘴巴往回走，耳边是喔喔的警车刺耳的叫声。

他很快走到家门前，急急地敲了几下门。

茹银花一听敲门声，吓得怔怔的。刚才她听见街道传来几声枪响，断定警察跟强盗交上火了。强盗肯定又甩掉了警察，折身回来到她家躲藏。门敲得特别响，茹银花走到门边，哀求地说："大哥，你怎么又来了？我丈夫马上就要回家吃饭，你们见了面，我怎么向我丈夫说？你还是走吧！"

在门外的曹金一听罢，心惊肉跳，莫不是老婆有个持枪的奸夫？往日见她挺乖顺的，没想到……曹金一不想再往下想了，气得飞起一脚，嗵的一声响，门被踢开了。茹银花吓得倒在地上。

曹金一气哼哼的，在家里翻找他的灰色风衣和蓝格子围巾，没找到，可见那个挨子弹的家伙穿戴的风衣和围巾百分之百是自己的。曹金一见茹银花躺在地上不动，他给茹银花掐人中，做了几下人工呼吸，茹银花才慢慢地睁开眼，一见是丈夫在身边，她哇的一声，身子全缩在曹金一怀里。曹金一有几分恼火，说："放严肃些好不好，你把事情的经过从头到尾给我讲出来！"

茹银花狐疑地瞅着曹金一："事情你都知道了？"

曹金一冷冷一笑："你自己先讲吧！"

茹银花迟疑了一会儿，暗暗地对自己说：那事情不能讲。讲了，强盗会杀我丈夫和孩子的！她对曹金一说："讲什么呀？什么事儿呀？没什么事儿跟你讲呀。刚才你踢门把我吓昏了。"她说着从地上爬起来，去厨房做饭，好像家里什么事儿也没发生过似的。曹金一气得翻白眼：“你还瞒得了我哇。我的那件风衣和那条围巾呢？你给我交出来！”茹银花被逼得没办法，只得把上午家里发生的事告诉了曹金一。曹金一怔了片刻，立即问茹银花：“强盗上咱们家不打劫，还让你藏东西？你把那个强盗的密码箱藏在什么地方？”

茹银花把密码箱从床底拖出来，很紧张地问曹金一：“我们怎么办？”

曹金一没吭声，眼珠子转动几下，摆弄着密码箱，感觉箱里有团金属在滚动。茹银花说：“你小心点儿，那个强盗有手枪，说不定这箱里藏着手榴弹和地雷什么的。我们报警吧？”曹金一小心地把密码箱放在地上，对茹银花说：“把箱子撬开看看。如果是手榴弹和地雷，就报警！”他小心地把箱子撬开，只见里面趴着一只闪闪发光的金蛤蟆！

“天哪！”曹金一惊叹一声。

茹银花呆了半晌，问曹金一：“怎么办？报警吧？”曹金一转了转眼珠，忍不住大笑：“傻瓜才报警呵！银花，跟你说呵，那个强盗已被警察打了一枪，背上有个洞像酒杯那么大。如果他死了，这只金蛤蟆就是老天爷赐给我们的一个金娃娃！”曹金一边说边用手托着金蛤蟆，估计有五斤重，他眼里霎时闪着别墅和小车的影子。这时候，家里的电话丁零零地响起来。曹金一一手拎着金蛤蟆，一手握着话筒，只听一个女护士在电话里说：“曹医生，快上医院来，外科主任通知你来会诊，有个特殊病号。”曹金一说：“什么特殊病号？还会诊？”女护士说：“公安局送来的，背上打个大洞，怕不行了，你快来！”

曹金一放下话筒，一点儿也不急，笑着，又看看手里的金蛤蟆，对茹银花说：“如果强盗死了，我们就不报警，我估计强盗会死掉的！”

3.警察对医生无奈

曹金一磨磨蹭蹭来到医院时，手术已经开始了。手术室门外站了好几个警察。曹金一大大咧咧地用手把警察拉开，走进了手术室，见外科主任亲自主刀，他便当下手。他心神不定，嘴上蒙着大口罩，两只眼两边睃。见强盗脱得光光的，那沾着血的灰风衣和蓝格子围巾被护士丢在手术室一旁。因他曾穿着这灰风衣围着这围巾到医院上班，他担心医生和护士看出点儿什么，把他和强盗扯上瓜葛。

幸好医生和护士都只把眼睛盯着强盗背上的伤口，根本不把他的风衣和围巾放在眼里，他才松了一口气。刚才强盗说得好哇：你以为这世上只有你老婆给你买蓝格子围巾呵？你以为服装厂只为你生产一件灰色风衣呵？你以为这世上只你这抽烟的男人给风衣烧个蚕豆大的洞呵？不要此地无银三百两！不要大惊小怪！

手术进行了四个小时，强盗被推出手术室。立在门外的那个向强盗开枪的毛头小警察问主刀的外科主任：“医生，他生命没危险吧？”外科主任取下口罩，抹了抹额上的汗说：“目前很难说，观察几个小时，如果他醒过来了，大概就没事了。”随后，他吩咐曹金一：“这个特号，具体由你负责。你晚上值半夜班。”

曹金一点点头，他巴不得这特号让他负责治疗。

强盗被推进了病房，几名警察像强盗的家人一样，小心翼翼地将强盗从四轮车抬到病床上。曹金一给强盗量血压，毛头小警察说：“曹医生，还好吧？”曹金一说：“不很正常。你急个啥呢？”毛头小警察说：“这是个持枪犯，一定有重案在身，要救活他！”

曹金一懒得理他，心想一个持枪强盗死了，也是罪该万死！

数小时后，强盗醒过来了。正是半夜，病房里亮着刺眼的日光灯。强盗微微睁开眼，见床边坐着几个警察，就把眼睛闭上了。毛头小警察见了，立即审问强盗：“你叫什么？哪里人？”强盗死猪不怕开水烫，闭目不言。毛头小警察急了，一拍床沿，“老实交代！”

曹金一正在值班室里，得知强盗醒过来了，警察正在审问强盗，他急奔病室，对毛头小警察说：“在医院里就得听我的。病人还没脱离危险呵！你这么一审，说不定他就闭过气了！”他摸摸强盗的脉，就说，“脉跳得不正常。”他悄悄从药房里拿来一瓶麻药，又到护士室里，趁人不注意时，将麻药注进为强盗准备的吊针葡萄糖溶液里。强盗吊了这瓶药水后，就闭着眼昏迷不醒。

曹金一推算了一下，强盗可能要昏迷十二个小时左右。也就是说，在这十二个小时内，警察就是在床边打机关枪，强盗也不会醒的，更不要指望强盗说出什么。下半夜时，外科主任来值班，接替了曹金一。曹金一对外科主任说：“病人醒了一会儿，又昏迷了过去，可能是失血过多。”外科主任就叫曹金一回家休息，他来给病人输血。

曹金一回家后，茹银花还没睡。她跟丈夫打听强盗是死是活。曹金一告诉茹银花，强盗既没死也没活，不过，强盗死的可能性较大。茹银花就说："我看还是报案。"曹金一摇摇头，又把那只金蛤蟆捧在手里，翻来覆去地看，连那只金蛤蟆是公是母也分辨出来了。这只金蛤蟆可值几十万块钱呵！他捧着金蛤蟆想着怎么弄死强盗，不知不觉天就亮了。

第二天上午去医院上班，他刚走进病室，就见两个护士用车子推着强盗出来，径直推向太平间。曹金一问："他怎么了？"护士说："死了。"曹金一的心狂跳。不久，火葬场来了一辆车，几名警察打着哈欠将强盗抬到车上。车子朝火葬场开去。

这天，曹金一被兴奋笼罩着，他怀疑强盗因麻药过量过敏导致死亡。当他站在医院的窗前看见火葬场那边的烟囱冒出白烟时，心里说不出的过瘾！

他下班回家，把强盗已送进火葬场火化的事告诉茹银花，茹银花不知为何感到十分恐慌，嗫嚅着说："还是把金蛤蟆交到公安局去吧，公安局肯定知道这只金蛤蟆是谁家的。放在咱们家，我总觉得是个祸。"

曹金一说："你个活傻瓜，强盗死了，公安局就没活口，没活口，这金蛤蟆就是我们的了，我们不要怕公安局，先把金蛤蟆放在家里藏一段时间，等待时机把它卖了。"曹金一琢磨了一夜，第二天，他终于想到了一个绝好的办法，把金蛤蟆藏在家里一个任何人也发现不了的地方。

4.曹老汉卖破烂

曹金一有个老爹叫曹二。曹二老汉今年六十多岁，老伴早年去世了。曹金一跟茹银花结婚后，曹二老汉独自一人在外卖老鼠药，贩鸡鸭毛，独来独往，浪迹江湖。但每年春节必回家一次，带些春节的用品，还给孙子买些衣物和小玩具。每次回家后，曹金一见曹二老汉抽劣质烟，便说："爹，你在外没赚到钱，就别出门了。"曹二老汉就告诉儿子，他在外跑习惯了，不跑脚掌痒，他身体硬朗，在外做些生意，虽说没什么积蓄，但自己能养活自己，不给儿子添负担，岂不是桩好事。

但今年春节未到，曹二老汉就回家了。他回家的这天，正是曹金一把金蛤蟆藏到家里不易被人发现的这天。曹二老汉回家后，双眼凹陷，像大病一场，情绪低落到极点。

曹金一见他爹神情异样，便说："爹，你生了病吧？"曹二老汉叹口气："爹怕是要病了。爹再也不想出门做生意了，往后你得养爹，爹没用了。"曹金一笑了笑。他意外地得到一只金蛤蟆，值几十万，养他爹简直是九牛一毛。他叫他爹待在家里，他养他。他甚至想告诉爹，他有一只金蛤蟆，但转念一想，这金蛤蟆是不义之财，告诉他爹，怕他爹生出是非，便作罢。

第二天，曹二老汉待在家中，闷得慌，就开始捡捡扫扫。一静下来，便发愣、叹气、流泪。快到中午时，他的儿子儿媳都还没回家，曹二老汉踱到阳台上，见阳台上堆放着一些啤酒瓶、破纸盒，乱七八糟的，他就拾掇着。忽听得阳台下有个人喊："收破烂喽！收破烂喽！”曹二老汉把头伸出阳台外，见下面有个挑箩的人仰着脸正望着他说：“老人家，有没有破烂？”曹二老汉点点头，示意他上来。一会儿，收破烂的人就从楼梯上来了。

曹二老汉将收破烂的人引到阳台上，把啤酒瓶往箩筐里捡，边捡边数。收破烂的人在阳台上东瞅西瞄，见阳台一角放着一团水牛屎大的铁，搬了一下，有二十来斤，就问曹二老汉：“这团废铁也卖了吧？”曹二老汉问废铁多少钱一斤，收破烂的人说四毛钱一斤，曹二老汉点点头：“是这个价，卖了。”曹二老汉把阳台上的破烂都卖光了，一共卖了二十多块钱。他把阳台打扫干净后，就把卖破烂的钱拿去买了一条烟，回家后，他坐在客厅的沙发上，闷闷地一根接着一根抽。

曹金一和茹银花从外面回来，见家里像烧牛粪似的烟雾冲天，就对抽烟的曹二老汉说：“爹，烟抽多了对身体不好！”

曹二老汉突然呜呜哭起来：“爹心里闷，心里难过，爹要抽烟！”

曹金一觉得爹变得这么怪，就吼了一声：“你心里闷什么？你有话就说嘛！”

曹二老汉说：“爹真不想说，说出来怕你骂我。儿子哩，爹告诉你呵，爹在外做了十多年生意，开始是卖老鼠药，后是贩鸡毛鸭毛，再后来就贩羊皮马皮，吃了很多苦，爹赚了一笔钱，有几十万……”

曹金一和茹银花大吃一惊：“赚了几十万？钱呢？”曹二老汉呜的一声哭：“爹把钱买了黄金，打了一只金蛤蟆。爹只想打造一只金蛤蟆当传家宝传给你，再传给孙子，可没想到把金蛤蟆带回家时，半路上，让一个强盗抢走了哇！爹不会办事，办砸了！要是当初每年回家把钱给你，多好！”

“天哪！”曹金一和茹银花惊呼一声，“金蛤蟆是什么样子？有多重？”

曹二老汉便把金蛤蟆的模样和重量讲了。曹金一和茹银花吃惊地对视一眼：“那只金蛤蟆原来是咱爹的金蛤蟆！”曹二老汉一愣：“你们有金蛤蟆？”

曹金一就把他得到一只金蛤蟆的事讲给他爹听，简直充满了传奇色彩。曹二老汉急促地说：“金蛤蟆在哪儿？快拿给我看！”曹金一说：“我把它藏在一团铁里。”曹金一走到阳台上，便大叫一声，“阳台上那团铁呢？”

曹二老汉后背淌汗，怔了半晌，盯着曹金一，一字一板地说：“我把它卖给一个收破烂的，你别诓爹了，金蛤蟆怎会跳进一团铁里去？”

“天哪！一时跟你说不清了！”曹金一只觉天旋地转，一把揪住曹二老汉，拖出门外，嚷道，“快带我去找那个收破烂的！”

曹金一和曹二老汉找那个收破烂的人去了。茹银花呆坐着，屋子里的空气仿佛凝固了。也不知过了多久，听得有人敲门，茹银花估计是丈夫和公公回来了，便去开门。门外站着那个“火化”了的强盗，朝茹银花咧着嘴笑。茹银花毛骨悚然，惊叫一声：“鬼！”

5.强盗索讨金蛤蟆

强盗走进房，反关上门，诧异地问茹银花：“嫂子，怎么说我是个鬼？你不认识我了？几天前我托你给我保管的那只密码箱还给我吧！”

茹银花吓得向后退了几步，吃惊得牙齿打战：“你……你不是火化了？”

“放屁！火化了还能跟你说话？快把密码箱交给我。”强盗说着，在房里东瞧西瞄，看见他的那只密码箱在床底下，拖出来一看，箱子被撬了，里面的金蛤蟆也不见了。强盗大怒：“我箱子里的金蛤蟆呢？”

茹银花略略镇定了一下：“大哥，实不相瞒，那只金蛤蟆让我公公卖给一个收破烂的，连包装的铁一起才卖了十块钱。说给你听怕你不信，连我也不相信，但确实是这样。我公公和我丈夫出门寻那个收破烂的去了，你想得到那只金蛤蟆，就耐心地等一会儿。相信那个收破烂的也不识货，会交出来的。”强盗哪里相信，可强盗掂量了一下拳头，刚从医院逃出来，伤还没完全好，身体虚弱得很，手枪又被警察缴去了，如果打起来还不定是她的对手。

强盗想得发怔，抱怨茹银花一家人把天当斗笠戴，居然卖他抢来的金蛤蟆，还只卖了十块钱，就凭他为了金蛤蟆挨枪子流的血也不止值十块钱，强盗愤怒却又无可奈何：“你公公真是老糊涂！”

茹银花说："我公公说糊涂也糊涂，说不糊涂也不糊涂，他在外做了十多年生意，赚了几十万块钱，不分期分批地给他儿孙，偏要打个金蛤蟆当传家宝，让你这位大哥抢了去。"

强盗眨着眼，问茹银花的公公长什么样儿。茹银花就把她公公的年纪模样描绘了一番。强盗一听，点点头："对对，我就抢的那个老头儿的金蛤蟆。他还把它装在一个破蛇皮袋子里哩！可恨的是警察把我逼到你家藏金蛤蟆，怕是竹篮打水，唉……"

强盗盯着茹银花正想打什么歪主意，门外有了脚步声。茹银花正要去开门，强盗忙拦住她，小声地说："你丈夫和公公回来了，他们看见我，会怎么样呢？"茹银花告诉强盗，可能会拼打一场。见强盗无所适从，茹银花就说："要不这样吧，你先藏到我家那个大衣柜里。等有合适的机会我再放你出去。"强盗说："嫂子，我出去后，再也不来讨金蛤蟆，咱们从此你走你的阳关道，我过我的独木桥。"

茹银花把强盗藏在大柜里，还上了锁，她再去把房门打开，见公公和丈夫都垂头丧气地进门。他们两人在大街上没找到那个收破烂的人的影子。曹金一恼怒地瞪了曹二老汉一眼："爹呀，好事儿都坏在你手里，本来我把金蛤蟆搞回家了，你又让金蛤蟆蹦掉了！"曹二老汉头上鼓着青筋，气不打一处来，抡起巴掌，照曹金一脸上甩过去："你个龟儿子，爹的金蛤蟆被人抢了就去公安局报了案，强盗把金蛤蟆藏在咱家你为何不报案？是咱家的金蛤蟆，咱就得了，不是的就交给公安局。你把我的金蛤蟆当成别人的金蛤蟆吞了，跟强盗是一路货色！"

屋子里沉寂下来。茹银花瞟瞟大衣柜，对曹二老汉说：“爹，金蛤蟆既不能便宜给强盗，也不能便宜了收破烂的人。我建议还是报案……”茹银花话没说完，大衣柜就摇晃起来，想必强盗在柜子里听见“报案”了。曹二老汉和曹金一吃惊地瞪着摇晃的衣柜，茹银花就在他们耳边悄语几句。曹二老汉顿时跳起，伸手抄家伙，慌忙中抄起一根拖把柄。曹金一却呆立不动，他根本不相信大衣柜里有个什么火化了还变成人形的强盗。

曹二老汉奔到大衣柜跟前，大吼一声：“强盗，滚出来，老汉今日跟你拼了！”说时迟，那时快，木柜砰的一声响，强盗飞起一脚踢开柜门，从里面跳出来。曹二老汉猛抡拖把柄，强盗一闪身，蹦进厨房，握住一把菜刀。茹银花忙拿起一把鸡毛帚，曹金一在惊恐万状中举起一把木椅，双方对峙，剑拔弩张，正有一场厮杀，忽然，房门砰砰地被人敲响。

茹银花巴不得这时来援兵，来得越多越好。她忙去开门。开门后，门外站着那个收破烂的人，他手上还捧着一只金灿灿的金蛤蟆。

6.送金蛤蟆的人

收破烂的人穿得破旧，两腮上长满稀稀拉拉的胡子。他一步跨进门，对屋里持家伙的人说：“都放下家伙，你们是为这只金蛤蟆打架吧？大家有话好好说，谁最有理，这只金蛤蟆就送给谁。”

屋子里的人见到金蛤蟆，打架的兴趣早就没了。曹二老汉首先发言，十分愤怒地控诉强盗丧尽天良抢了他的金蛤蟆，然后逃之夭夭。强盗就揭发曹金一和茹银花昧良心吞赃物。茹银花声明自己见到了金蛤蟆一直坚持到公安局报案，该咋办就咋办，但曹金一不同意。曹金一说：“报什么案哩，搞来搞去的，到头来我才知道这金蛤蟆还是我爹给我打的传家宝。师傅，别人说‘拾金不昧’，你个收破烂的却收金不昧，活雷锋呀，大好人呀！把金蛤蟆给我吧！”曹金一朝收破烂的人伸出双手。

收破烂的人淡淡一笑，把曹金一的手挡回去，说：“听你们刚才一番话，我现在对金蛤蟆的来龙去脉了解得更清楚了。我觉得你们有必要到公安局去一趟。”

强盗和曹金一把头摇得如拨浪鼓。

收破烂的人笑了笑，对曹金一说：“你为啥也不愿去公安局呵？”

曹金一瞟了强盗一眼，对收破烂的人说：“我当着强盗的面把实话说了吧，反正我也不怕这个强盗。”说着就把他巧遇强盗和麻醉强盗都讲了，“可这个强盗又在我家里站着，真让人不可思议。这事情我不能去公安局，去了，会惹上麻烦，所以，请你就在我家里把金蛤蟆还给我，我给你一千块钱感谢你，我也送一千块钱给这个强盗，打发点儿路费给他。”

强盗却在一旁涨红着脸瞪着曹金一：“你妈的真狠心哪！这事不能这么了！最少得给几万块钱打发我，反正公安局不知道我在你家里，你若告发我，你也有罪，你谋财害命！”

收破烂的人对强盗说：“你也别太猖狂，公安局的人会找上门来的。那天，把你转院到另一家医院治疗，对外却说把你送到火葬场，实际上是公安局设的计。因为当时公安局知道你跟曹医生有瓜葛。第一，医院的护士提供，你身上穿戴的风衣和围巾是曹医生的。第二，你动手术的那天晚上，曹医生值班，你醒过来后，突然又昏迷过去，公安局的人就更怀疑了。刚才曹医生自己也讲了，他给你注了麻药。公安局给你转院后，安排了不少便衣警察监视你。警察故意让你偷偷从医院逃出来，估计你会跑到曹医生家来，果然如此！”

强盗和曹金一吃惊地盯着收破烂的人：“你……是谁？”收破烂的人笑了笑，把满腮稀稀拉拉的胡子扯下来。他就是那个毛头小警察！强盗拔腿准备逃。毛头小警察大喝道：“跑什么！楼梯上站满了便衣警察！”强盗呆呆地立在原地。毛头小警察把手上的金蛤蟆在曹金一面前晃了晃，说：“当初我们并不知道你跟强盗有啥瓜葛，今日才知道是个蛤蟆瓜葛。数日前，公安局把强盗转移后，我天天监视你，我发现你去一家工厂弄了一大包车床刨下的铁屑。你一个医生家要铁屑干啥？所以，我今天上午趁你不在家便化装成一个收破烂的来收破烂，收了一块铁，那块铁毛糙得很，是铁屑与黏结剂黏结成的，我费些工夫才把它砸开，发现里面包着一只金蛤蟆。这只金蛤蟆是你爹的，还给你爹。”

毛头小警察把金蛤蟆递给曹二老汉，曹二老汉双手发抖，接过金蛤蟆。毛头小警察随后从腰间掏出手铐，把强盗和曹金一铐在一起，说：“走吧！”

强盗和曹金一对视一眼，别扭地低下头，走出门，见楼梯下果然站了很多便衣警察。曹金一回了一下头，见茹银花双手捂脸，呜的一声哭；见他爹全身颤抖，金蛤蟆从手里掉下来，砸在脚背上……曹金一仿如梦幻，流下两行清泪。

青松岭惊魂

1.祸起萧墙

这天夜里，一辆“龙马”牌小货车行走在青松岭的盘山公路上。

驾驶室里坐的是孟家兄妹，哥哥叫孟铜锁，妹妹叫孟秀英，都是开车的好手。兄妹俩送完货，正往家里赶。孟秀英见山路弯弯绕绕的，便对开车的孟铜锁说：“哥，路不好走，留点儿神……”

哪知话音未落，路边树林里突然跳出个系着红头巾的女人。孟铜锁根本来不及做出反应，那女人已被车子撞得翻了一个滚，卷入了车轮下……

这突如其来的事故把兄妹俩都惊呆了，车子又开了数丈远才停下来。孟秀英猛地打开车门，就要跳下车去救人，不想却被孟铜锁一把抓住，说：“妹，你别动！”他心慌地把头伸出车外，向车后望了又望，只见公路上模模糊糊横躺着一个人，早已一动不动，而路边不远处有一户人家正亮着灯，便猛地踩下油门，车子箭一般飙了出去。

孟秀英吃惊地喊道：“哥，快停车，不能逃的！”

“那人肯定没气了，趁没人看见……咱们逃！”孟铜锁喘着气，把小货车开得像头发疯的野牛，在山路上狂奔起来。

半夜时分，他们回到了古柳镇的家。孟铜锁一进门，就一屁股坐在凳子上，上气不接下气地喘息着，头上冷汗直冒。孟秀英两眼冒着火，对孟铜锁说：“哥，你怎么可以这样？”

孟铜锁的媳妇张飞娇刚给他们开了门，一见这阵势，便知出了事。她三两句话便问出了事情的来龙去脉，也给吓蒙了，说：“这可如何是好，查出来，铜锁得坐牢，赔出去，只怕要赔得倾家荡产……”但她是走一步能出三个主意的人，眨巴眼睛想了一阵子，手朝腿上猛地一拍，说：“铜锁，还是逃了的好！黑咕隆咚的，多半能避过去。这阵子你给我老老实实在家待着，哪也不要去……”

老天好像也在帮忙，一连数日都下雨。孟铜锁把自己关在房子里，蒙着头在床上躺了三天三夜。孟秀英屋里院子里走进来走出去，自己也不知道要干什么，心里乱糟糟的，坐卧不宁。

这天终于放了晴，镇上一个开瓷器店的老板找上门，要租孟铜锁的车去景德镇运批瓷器回来。张飞娇连忙赔着笑脸说：“铜锁这几天身体不舒服，不能出车。”

瓷器店老板说：“那秀英也能去呀。”张飞娇皱了皱眉，说：“路太远，她一个人不方便。”

不想这时孟秀英却从屋里出来，说：“让我去吧。我能行！”

张飞娇只好同意了。她知道去景德镇得路过青松岭，便叮嘱说：“走路弯弯，一世平安。妹子，绕过青松岭走，啊。”临走她又给了孟秀英三千元钱，让她捎一批便宜的墙面砖回来，把家里刚盖的楼房装修一下。

孟秀英开车离开古柳镇，没理临走时嫂子说的话，直接就上了青松岭。这些天来，她一闭眼跟前就晃动着那个披红头巾的女人，不去看看，她一辈子良心都要受折磨。

车子很快进了出事的那段山路，孟秀英把车慢下来，看见路边小屋旁的松树下有一个新坟，一个男人正坐在坟头悲伤地哭泣。

孟秀英把车子停下，从车上下来。这个男人二十七八岁的样子，根本不理会站在旁边的孟秀英，完全打开了感情的闸门，任由自己放声痛哭。孟秀英从来没见过一个男人如此悲伤，这男人哭一声，她的心就揪一下……

直到这个男人的哭声渐渐停下来，孟秀英这才走上前，嗫嚅着说：“这位大哥，我想讨口水喝……”

年轻男人把手朝屋子一摆，说：“屋里有矿泉水，你自己去拿吧。”

孟秀英走进屋里，见门边有个木柜台，摆着烟、方便面和矿泉水之类的东西，原来这男子开着一个小店。孟秀英拿了瓶矿泉水，拿出嫂子给她买瓷砖的三千元钱，放在柜台上压好，走出来对男子说："大哥，钱放在柜台上了。"

男人走进门，见柜台上放着一沓百元大钞，猛地一怔，忙拿了钱追出来。但孟秀英早已发动了车子，她朝年轻男子挥了挥手，把车开走了。

2.不速之客

几天后，有个年轻男人来到古柳镇孟铜锁家。这时，张飞娇正在院子里晾衣服，她打量着陌生来客，一下就想起前不久孟铜锁出车祸的事，心里直发怵，强作镇静地问那男人找铜锁干啥。男人靠着院门四处打量一番，漫不经心地说："你别问我干啥，我见到孟铜锁才能说。"张飞娇说："我男人出长途了，得好些日子才回来。"

男人没吱声，转身走出了院子。张飞娇看着他走进镇上的新龙门客栈。

傍晚，孟家兄妹开着车回来，刚踏进家门，张飞娇就慌忙把门关上，说："坏了，可能那个死女人的丈夫找上门来了！"

孟铜锁一下瘫坐在沙发上，呆了半晌，这才抬头埋怨孟秀英说："那天你偏要走青松岭，还把钱给了他，你这不是不打自招吗？瞧，别人一查车号，就找上门来了。"

孟秀英被哥哥训着，心里怪不舒服的。

这时，门外有人啪啪敲响了门。

孟秀英把门打开，来的果然是在青松岭上的那个男人。他瞟了一眼孟秀英，不声不响走进屋里，自己找了个凳子坐下来，说："我叫王子民，和老婆住在青松岭……"

屋里的空气顿时紧张起来。

孟铜锁紧张地说："兄弟，你报……报案了？那天晚上，是你女人自己从路边跑出来撞上我的车……"

王子民说："我还没报案，可不管咋说，是你撞死了我媳妇……"

张飞娇连忙给王子民端上一杯茶，赔着一脸的笑容，说："兄弟，人死不可复生，这事我们铜锁也不是故意的，这些天来我们也一直在难过。这事儿咱们私了，私了……"

王子民瞅瞅张飞娇，知道她是这家里拿定盘星的，便说："你们拿出六万块钱，这事就算了……"

张飞娇一听，擤了两把鼻涕就哭了起来，边哭边说："兄弟啊，我家去年才盖的房，现在还欠着三四万块钱的债啊……"

王子民瞅瞅张飞娇，狠狠心，说："我媳妇才二十六岁，一个亿你们也赔不了她。六万块我没多要。明天你们把钱给我，以后这事就当没发生过。"说完，他就站起身走了。

张飞娇眨巴几下眼睛，想，这个王子民看来不难对付。花钱消灾吧。她又赔着笑脸对孟秀英说："妹子，你看家里只有五万块钱存款，要不你去客栈向他求个情？还个价儿？"

孟秀英说："嫂子，你咋不叫我哥去？"

张飞娇摇摇头，说："你哥这个人你又不是不知道，他去不光还不了价，说不定还会吵架。你去，他不看僧面看佛面，准成！"

孟秀英犹豫了一下，便答应了嫂子。

新龙门客栈是镇上有名的混混黑蛋开的一家小旅店。这黑蛋一贯干坏事，老大不小的还打着光棍。你还别说，虽说镇上没一个女孩子瞧得上他这个混世魔王，这家伙眼界却不低，只对孟秀英情有独钟，说这辈子一定得娶孟秀英做老婆。

此刻，黑蛋正叼着一根烟站在客栈门口，看见孟秀英远远走过来，眼都直了。等孟秀英走近了，他嘿嘿笑着说："秀英，稀客呀。"

孟秀英瞅了眼黑蛋的一脸横肉，问："黑蛋，我家有个客人住你这儿，他叫王子民，住哪个房间？"

黑蛋见孟秀英肯跟他说话，高兴了。忙将王子民住的房间告诉了她，又问王子民是她家什么客人。

"是外地一个货主。"孟秀英支吾一声，低头往客栈里走。

黑蛋却一把拦住她，说："秀英，咱俩的事儿，你看看啥时候定呀？我黑蛋你也晓得的，跟我过日子，亏不了你！"

孟秀英瞪起眼，生气地说："你在胡扯什么？让开！"

黑蛋最爱看的就是孟秀英杏眼圆睁的样子，觉得孟秀英越看越俊，竟去抓孟秀英的手，孟秀英反手给了黑蛋一个耳光。黑蛋摸摸自己被打红的脸，反倒乐滋滋地笑了，说："孟秀英，你等着瞧，这辈子老子娶定了你！"

张飞娇和孟铜锁焦急地在家等着孟秀英，等了好久才见孟秀英红着脸从客栈回来，忙问："王子民答应了吗？"

孟秀英点点头，没说话。

张飞娇拿出藏着的五万元存折，看了又看，摸了又摸，想到这折子明天就是别人的了，心里像是刀子在剜。她一咬牙，又冒出一个主意，说："秀英，我们攒这点儿钱多不易呀，要不你再找王子民说说看，我们赔四万？"

这一回，孟秀英说啥也不去了。

张飞娇挺生气，说："秀英，如果不是你，咱家一分钱也不会赔！你七八岁就死了爹妈，你哥把你拉扯大容易吗？现在你哥落了难，你能不帮你哥吗？"

孟秀英听嫂子这么说也生气了，说："我初中一毕业就学开车挣钱，一开就七八年，忙得连男朋友都没谈……"她触动了心事，又想到刚才还被黑蛋轻薄，懒得再说，走进自己的房间，砰一声关了房门。

张飞娇被孟秀英说愣了，她想着小姑子说的一番话，突然又冒出一个绝妙的主意，忙跟孟铜锁咬了一阵耳朵。

孟铜锁一听就皱起了眉头，说："怎么可以这样？不成。"

张飞娇把眼一瞪，说："怎么不行？你就知道在外面闯祸，也不想想家里多难。你妹妹已经老大不小的，她要是出嫁你少了个帮手不说，这嫁妆得多少钱？如果我们再赔这几万块，这钱从哪儿来？"

张飞娇这么一说，孟铜锁马上不吭声了。

王子民正要关灯睡觉，不想张飞娇不期而至。

张飞娇进来就是满脸笑，说："大兄弟，要说你媳妇突然就没了，赔五万一点儿也不多。为啥呢？媳妇是大活人呀，能生娃儿，还能陪丈夫说话儿，钱做得到吗？做不到呀！”

王子民听不懂张飞娇想说啥，一脸诧异。

张飞娇一屁股坐下，又套开了近乎：“兄弟，刚才我跟铜锁商量，想把秀英嫁给你。你看秀英又漂亮，心眼儿又好。往后，咱们两家就是亲戚……”

王子民怔了怔，苦笑道：“秀英她愿意？”

张飞娇连忙告诉王子民，秀英还没男朋友，二十多岁的大姑娘了，心里正着急哩。她和铜锁一说合，准成！

张飞娇察言观色，继续说：“明天，你和她见见面，好好谈谈，过些天挑个日子把事给办了。你看我们家一人换一人，你也不吃亏……”

张飞娇见王子民不吱声，心想他定是一时没转过弯来，就起身打开房门要回家，却见黑蛋正站在门外。她低了低头，匆匆出了客栈，走了一会儿，听得背后有脚步声，回头一瞧，黑蛋像个跟屁虫一样跟在后面。

黑蛋冲张飞娇笑笑，说：“嫂子，我跟你说过，我喜欢秀英，你没忘记吧？”

张飞娇眨巴一下眼睛，说：“你的话……我怎么会忘记呢？不过，秀英主意大，你最好自己再找秀英谈谈。”

黑蛋坏坏地一笑，掏出支烟叼在嘴上。张飞娇赶紧往家走，边走边想：“秀英嫁你？做梦！”

张飞娇一进屋赶紧关了大门，往孟秀英房里瞅瞅，已关了灯，便走进自己房间又跟铜锁商量去了。

这边孟秀英并没睡着，她躺在床上辗转反侧，满是心事。忽然，有人在外面敲她房间的窗户，惊得她急忙坐起来，紧张地问："谁？"

窗外人流里流气地说："老子！"

孟秀英一听是黑蛋，生气地说："你敲我窗户干什么？"

"秀英，我有一句话，你一定爱听！"

"有什么话明天再说！"秀英把被子往头上一扯，蒙着头又躺下。但黑蛋仍不死心，仍嗒嗒地敲着窗户，秀英气极了，从被子里伸出头骂道："黑蛋，这世界天天在死人，你怎么就不死？"

黑蛋冷笑着说："那就叫你哥开车把我撞死吧！再撞死一个又怕什么？撞死了就逃……"

孟秀英大吃一惊，一骨碌从床上爬起来，披了件外套，打开窗户，问："黑蛋你在说什么？"

黑蛋说："老子打开天窗说亮话，我只要去报案，你哥铁定坐牢，你也脱不了干系。不过，只要你嫁给老子……"

孟秀英呆了半晌，一咬牙，说："你休想！"

"你真想把自己赔给王子民？"

孟秀英一愣，不懂黑蛋的话是什么意思。

"嘿，你哥嫂早把你卖了，你还帮着他们数钱。刚才，你嫂子去跟王子民商量，把你赔给他做媳妇……"

孟秀英仔细一想，自己这个爱钱如命的嫂子没准儿真做得出这事儿，哥哥又是个啥事都听老婆的人。但她不能在黑蛋面前服这个软，就说："我就算做王子民的媳妇，也跟你黑蛋没关系！"

黑蛋气得牙齿咬得咯咯响："好，算你有种。老子也不是软蛋！"

孟秀英砰地关上窗户。随后，她悄悄拉开房门，蹑手蹑脚地走到哥嫂房前，听见他们还在嘀咕："……明早，你跟秀英说说，她年纪不小了，这终身大事……"

孟秀英气呼呼回到自己房中，直掉眼泪。

半夜时分，一直没睡着的孟秀英又听到大门外响起轻轻的脚步声。她忙下床，把窗帘拉开一条缝，看见黑蛋扛着一个沉甸甸的麻袋走进院子，把麻袋扔在小货车的车厢里。随后，黑蛋敲着大门，低声喊道："铜锁！开门……"

孟铜锁打开门，黑蛋说，他刚偷了一只大绵羊，想趁天没亮让铜锁帮着送到县城屠宰场去。孟铜锁知道黑蛋不干好事，不想接，又不敢惹他，正在犹豫时，黑蛋说："你开车撞死了人都不怕，送只羊倒怕了？"孟铜锁一听，头上冒起了冷汗，只好答应了。

孟秀英在房间把他们的话听了个一清二楚，她想起黑蛋刚才说自己不是软蛋的话，就多了个心眼儿。她偷偷从房间出来钻进了货车车厢，想，如果黑蛋真是偷的绵羊，就在半路上把羊扔到车外，不让哥哥背帮着销赃的罪名。她拎拎麻袋，好沉，一摸，摸到个西瓜似的东西，不可能是羊头，连忙解开捆着麻袋口的绳子，里面露出个人头。月光下，那人头脸上全是血。孟秀英惊得"呀"的一声，跌坐在车厢里，半晌动弹不得。

这时，孟铜锁已把车开到古柳镇外的一条河边，黑蛋大叫停车。车一停，黑蛋就从驾驶室里跳下来，对孟铜锁说："快下来，你把麻袋扔到河里去。”

孟铜锁说：“你不是说把羊送到县城屠宰场吗？”

黑蛋“哼”了一声，说：“你把麻袋打开瞧瞧吧，那是一只给你惹麻烦的羊！”

两人刚走到车厢边，孟秀英突然从车厢里站起来，大声吼道：“黑蛋，你杀人了！”

黑蛋突然见到孟秀英，先是一慌，随后又镇定下来，说：“哼，这小子真是活腻了，敢来我们古柳镇敲诈！以为咱古柳镇没人哩。”接着他又转过脸，盯着孟铜锁说，“我帮你解决了这个大麻烦，你把他沉到河里去，总可以吧？这样，你在外开车犯的命案就没事了。既不用赔钱，更不用把你妹妹给赔上！”

原来黑蛋杀了王子民！孟铜锁吓得两条腿直打哆嗦，背脊发凉，他撞死那个可怜的女人已经良心不安了，再把她丈夫沉入河里，这种丧尽天良的事，他怎么做得出来！

黑蛋没理他，从岸边搬了几块石头到车厢里，又上了车厢把石头往麻袋里塞……

原来，他被孟秀英责骂一番后，心里很恼火，发誓要把孟秀英弄到手。他先想到孟秀英她哥嫂现在一心想让孟秀英嫁给王子民，这王子民是只拦路虎，但王子民孤身一人住在青松岭，要是死了谁也不会想到他会死在古柳镇。再说，孟铜锁开车撞死人的把柄已经攥在自己手里，如果干掉王子民，再逼孟铜锁把王子民扔到河里，孟铜锁就跟自己死死绑在一起，那时再提把孟秀英娶来当老婆，他孟铜锁还敢说半个不字？她孟秀英哪怕是为她哥哥着想，也得乖乖地嫁给自己……这样一想，他一回客栈就偷偷溜进王子民的房间，几板凳砸下去，王子民就不能动弹了……

再说车上的孟秀英，她刚才摸了摸王子民的鼻孔，还有气。见黑蛋还在往麻袋里装石头，知道这是要把王子民沉到河里去，就扯开嗓子大喊：“快来人呀，黑蛋杀人啦——”

孟秀英的尖嗓子在黑夜分外响亮，黑蛋身子一颤，这事儿要是暴露了，自己也活不成。他气急败坏，猛一下将孟秀英推下车厢，跟着跳下来，跨在孟秀英身上，双手死死卡住秀英的脖子，恶狠狠地说：“我叫你喊，叫你喊……”

一旁的孟铜锁被吓傻了，急忙来扯黑蛋的手，结结巴巴地哀求黑蛋说：“黑蛋我求你了，快松手，快松手啊！”

黑蛋胳膊一抡，一把就将孟铜锁甩到边上，继续拼命地卡着孟秀英的脖子。

孟秀英两只手拼命地挠黑蛋，两条腿也在拼命地扑腾，但哪里是狂性大发的黑蛋的对手，眼看着孟秀英的力气越来越小，就要死在黑蛋手里。孟铜锁身上忽然涌出一股热血，搬起地上的一块石头，朝黑蛋身上狠狠砸去。

黑蛋一声惨叫，身子一歪倒在地上，孟铜锁飞起一脚，将他踢进了河里……

3.栖身荒山

王子民被救活了。这段日子孟秀英日夜守在病房看护他，孟铜锁和张飞娇每天也来看望好几次。出院这天，张飞娇拿出五万块钱放到王子民手上，说：“兄弟，这五万块钱你点个数儿，从此，咱们井水不犯河水。”

王子民接过钱，捏了捏，又退给张飞娇，说：“我不要你们的钱。”

张飞娇一愣：“难道你真要我们赔你个媳妇啊？”

王子民看了一眼孟秀英，脸一红，说：“媳妇也不用赔。”他站起身，又拿出一沓钱递到张飞娇手上，说，“这三千块钱是秀英那天给我的，我也不要。”说完，他既不告辞也不道谢，逃命般匆匆朝镇上的车站奔去。

这事情真蹊跷，孟秀英留不住王子民，只好和哥哥嫂子一起回了家。哪知道三个人回到家还没坐下，家里的电话就响了起来。孟秀英拿起话筒，只听里面传出一个恶狠狠的声音：“我是黑蛋！”

黑蛋在那晚被孟铜锁一脚踢到河里后，就再没踪影，听说他当时偷偷爬上岸，连夜逃出了古柳镇。孟铜锁兄妹忙着抢救王子民，又怕牵出孟铜锁的案子，就没报案。孟秀英一回家就接到黑蛋的电话，恶心得想吐，便皱着眉头把话筒递给了张飞娇。

张飞娇一听是黑蛋，想到黑蛋连人都敢杀，就吓得发抖，问道：“黑蛋兄弟，你这是在哪儿呀？”

“我在哪儿你不要管，我知道王子民今天出院了。你们没报案，这很好，但你们也不能让王子民去报案，得把王子民安抚好！你是个聪明人，可得给我想明白了！”

“我们咋安抚他呀？给他钱也不要……”

“那就把秀英赔给他，只要公安局不抓我，我也不跟他争了。”

“他也不要秀英……”

“完了，看来这小子铁了心要去报案！你听着，这案子可是铜锁的车祸案惹出来的，我是为了帮你们才对他下的手。你们一定得让孟秀英缠住王子民！这事儿只有她才摆得平。否则，我在外头只要听到风吹草动，就抱个炸药包到你家，到时你家连只老鼠也休想活下来！”

张飞娇被黑蛋吓得放下电话就哭了起来，哭了一阵后，她一把拉住孟秀英，哀求道：“秀英，黑蛋这个混世魔王缠上咱们家了。现在只有你才能救咱们家了！趁王子民没走远，你快去拉住他，让他别报案。我看得出王子民喜欢你，你嫁给他我把五万块钱全送给你，把货车再送给你也成！千万别让王子民报案，我们这一家子全靠你了呀！”

孟秀英见平时挺有主见的嫂子被吓成这个样子，又看看在一旁闷声不响的哥哥，气得一把将嫂子的手推开，说：“黑蛋那两句话就把你吓成这个样子啊？”

张飞娇继续哭着说：“秀英，你想想咱们这个家多不容易，你哥多不容易啊，你七八岁爸妈就没了……”

这时电话又响了，又是黑蛋打来的，黑蛋估计倔强的孟秀英不会轻易就范，才又打过来。张飞娇接了电话，黑蛋却要孟秀英接，张飞娇哆嗦着把话筒递给孟秀英，孟秀英接过来。就听黑蛋恶狠狠地说："我黑蛋做事从来不计后果，杀一个人是杀，杀一家也是杀！如果王子民敢去报案，你们孟家连收尸的人都不会有……"

孟秀英气得眼睛要喷血，砰的一声挂了电话。

张飞娇可怜巴巴地看着孟秀英，正要说话，孟秀英手一伸，说："别说了。黑蛋不坐牢，甭想过太平日子。哥，你快点儿开车送我去车站，我去找王子民……"

孟铜锁开着那辆"龙马"小货车和孟秀英一起赶到车站时，车站早没了王子民的影子，一打听，才得知王子民坐的是去青松岭方向的车。

孟秀英看着心神不宁的哥哥，心疼地说："哥，你别怕，要对付黑蛋，不想法子不行，你送我去青松岭吧。"

货车在暮色苍茫中到了青松岭，停在王子民那间破败的小屋前。王子民正坐在他妻子的坟墓旁，见孟铜锁他们来了，连忙站了起来。

孟铜锁看了眼王子民妻子的坟，忙把目光收回来，说："王兄弟，那晚我昧着良心跑了，对不住你。赔钱你又不要，你看——"

王子民摆摆手，说："那件事就当没发生过一样，谁也别再提了。"

孟秀英说："你一出院，黑蛋就打来电话，要我们做你的工作，让你不要去公安局告发他谋杀你，不然，就炸死我们全家。"

王子民苦笑一声，说："我也想过报案，可是——"

孟秀英打断王子民的话，说："不报案，黑蛋以为手里攥着把柄，我哥以后还有好日子过吗？但现在不知他藏在哪里，报了案也没用。”

孟铜锁说：“一旦黑蛋被抓，必然牵出我的案子来……”

孟秀英说：“哥，都什么时候了，你还想这个。”

王子民说：“只要把黑蛋抓住了，我保证大哥没事。”

孟秀英说：“我倒是有个法子。黑蛋虽然不在古柳镇，但他在镇上有同伙，随时能知道消息。我想在青松岭住一段时间，让我哥嫂在镇子上放出风声，说我和子民结了婚，让黑蛋以为没事了。等他放心大胆地回到古柳镇，我们再报案，让警察来个瓮中捉鳖。”

王子民说：“这法子好。我正要去省城打工，你住在这儿倒也方便。只是你一个姑娘家的，条件差不说，孤身一人也会害怕啊。”

孟秀英哈哈大笑，说：“害怕？你问问我哥，有几个男人的胆子能和我比？”

孟铜锁也说：“秀英从小就胆子大。”

王子民说：“那就这么定了。孟秀英这段时间住在青松岭，直到黑蛋回到古柳镇。我今晚就搭车到省城打工。”

孟秀英叮嘱孟铜锁看见黑蛋回来就赶紧打电话告诉她，孟铜锁满口答应，开着小货车回了古柳镇。

王子民对孟秀英说了下青松岭的情况，就在路边拦住一辆过路车，到省城打工去了。

天黑了下来，孟秀英到王子民妻子坟头叩了三个响头，说：

“嫂子，我和我哥对不起你……”她起身看了下周围的情况，发现山上只有这一套房子，大门破得难以关住。据说是二十多年前看林人住的，这个房间里面是睡觉的地方，摆着一张床和一张旧桌子。她把油灯放在桌上，下意识地去关房门，却见一扇破门板斜靠在房间的角落里，看来晚上没法关门了。她在床边坐了一会儿，脱下鞋，和衣蜷缩在床上，因为太过疲倦，不一会儿竟睡着了。

半夜时分，孟秀英睡得正香，突然被房里吱吱的响动惊醒了。她听了一会儿，声音在那扇破门板后面，就壮着胆子下了床，挪开那扇门板。发现一个女人正面朝墙角站着，孟秀英浑身一颤，问：“你是谁？”

这女人身子动了一下，又发出阵吱吱声。

孟秀英吓得大叫，奔出房间，跑出了大门。

月光照着青松岭，照着蛇一样蜿蜒的山间公路，空无一人，只有林子里传来几声猫头鹰的叫声。孟秀英再也控制不住自己，大声惊叫着，沿着公路一路狂奔，一直到跑不动了才停下来。她抚着自己怦怦乱跳的心，一心盼望这时能来一辆车，能带上她逃出青松岭，可深更半夜的，没有车的踪影。

过了很长时间后，孟秀英的情绪才渐渐安静下来。她打小就胆子大，从来不信世上有什么鬼神，这时东方已现出鱼肚白，她胆子又大起来，决定回去看个究竟。她走回小屋子，壮着胆走到房门前，借着清晨暗淡的光线一瞅，那个女人还立在墙角边。

孟秀英惊惶地问：“你到底是……谁？是人，还是鬼？”

那女人害羞似的吱吱叫着，微微晃着身子。

孟秀英一狠心，抓住女人的胳膊猛地一拽，这女人随即躺倒在地上，裤腿里钻出几只吱吱叫的老鼠。定睛一看，原来是一个扎得很像人的稻草人。

孟秀英这才松了口气，想：一定是王子民想念媳妇，才扎了这个稻草人媳妇。

孟秀英叹了口气，把稻草人立起来，重新将屋子里里外外收拾了一番。

4.不做亏心事

黑蛋那晚被孟铜锁砸断了胳膊，在外面藏了些时日，胳膊才好利索。他通过镇上几个手下了解到孟秀英已经嫁给了王子民，公安局也没调查他行凶杀人的事。他松了口气，估计不会有事了，就打算回到古柳镇。

黑蛋从租住的小屋出来，正往长途车站走，冤家路窄，竟然在大街上遇上了王子民。

王子民到省城后，很快在一家小机械厂找了个车工的活儿。这天出来买备件，不想竟与黑蛋在街头狭路相逢。黑蛋心想孟秀英已经摆平了王子民，便放心大胆地朝王子民傻傻一笑，算是打了招呼。

没想到王子民一个箭步冲上来，朝着黑蛋劈面就是一拳，又把他当胸揪住，要带他到派出所。

这一拳打得黑蛋满嘴是血。黑蛋见王子民身材高大，自己未必能占到便宜，更怕事情闹大进派出所，眼睛一眨，不紧不慢地把嘴角的血一擦，说："兄弟，不是孟铜锁让我来找你，你能见得着我？找你是有要紧事，回我出租房说去。"

王子民听说孟铜锁有要紧事找他，半信半疑，跟着黑蛋到了他租的房子。

哪知王子民刚进屋子，黑蛋便突然掏出把刀子朝他刺来。王子民早有防备，眼疾手快抓住了黑蛋的手腕，反手一扣，吼道："我今天可没睡着，你还下得了黑手吗？"黑蛋恶狠狠地说："我可是个亡命之徒。你的命还在，我把孟秀英也让给了你，你还想怎么样？"

王子民盯着黑蛋看了会儿，忽然觉得眼前这个穷凶极恶的人很可怜，于是松开了手腕，说："你回家吧，只要你以后不去纠缠孟秀英，我们的事就算了！"

黑蛋一撇嘴，说："屁话，她已经嫁给你了……"

王子民说："我哪里配得上她……"

黑蛋听说王子民根本就没娶孟秀英，心里又慌了，举起刀朝王子民劈面刺来。王子民顺手抄起一个凳子，后退了几步。黑蛋说："王子民，你到省城是来找我吧？你恨我对你下过黑手，是想报复我吧？我黑蛋可不是软蛋，敢拼命的！"

王子民吼道："谁跟你拼命了？放下刀！"

黑蛋又说："那你是想把我送进局子？告诉你，你活着我就不会判死罪，我一出来就扰得你和孟秀英一世不得安宁。"

王子民把举着的凳子放下来，重重地坐下，说："黑蛋，实话跟你说吧，我不会到公安局告你，因为我也做了亏心事……”

黑蛋满脸惊讶地看着他。

王子民说：“你这么凶顶啥用，人一死，就是一把灰！”

接着，王子民说起了他和妻子的故事——

“我和妻子都是在孤儿院里长大的，我们一起读完中学，都到了水泵厂上班。后来，厂子要倒闭了，我和妻子被买断工龄，每人得了四千块钱。我们本想用这笔钱做点儿小生意，哪想到，妻子竟得了尿毒症。我妻子每个星期做一次血透，钱很快花完了，后来连房子也卖了，又借了六万块钱的债，钱还是水一样花光了。我走投无路，只好带着妻子来到青松岭，只盼着青松岭上的好空气能治好我媳妇的病……

“其实孟铜锁并没有撞死我媳妇。我媳妇的病一天比一天重，眼看就不行了。这天，一个神婆路过青松岭，她叫我扎个稻草人丢到公路上，让这个稻草人代替我妻子给过往的车子轧，阎王把这个稻草人收了去，我妻子就会活下来。我本来不迷信，可人到了绝境什么话都听得进，当时如果有人说我躺在马路上让车轧过去，我妻子能活下来，我也愿意干。我用最细的心思扎了个最像我妻子的稻草人，放在马路上，但这稻草人扎得太好，过往的司机都以为是个人，全绕开了。没法子，我只好在天黑后躲在树后，等车子经过时，突然把稻草人扔到车子前面……”

黑蛋眨巴着眼睛，说：“妈的，什么车祸呀，原来是这么回事！”

“稻草人让孟铜锁的货车轧了，可我妻子当天晚上就在我怀里咽了气……”王子民说着，脸上泪水滂沱。

黑蛋怔了半晌，突然把手上的水果刀往桌上一拍，骂道：“妈的，孟秀英都给你三千块钱了，你居然还去古柳镇敲诈她！”

王子民惭愧地说：“我本来是去把三千块钱退给孟秀英的，可到了她们家后，见她们家盖着新楼房，日子过得那么滋润，我突然心生妒忌，想敲笔钱还债……我是个小人……”

黑蛋跟着说：“没错，你就是个小人！”

“但那天晚上张飞娇一把鼻涕一把泪的，还打算把孟秀英赔给我做媳妇，我惭愧得无地自容，准备不敲诈他们了，第二天偷偷溜回家去。可你黑蛋却敲我几凳子，把我往死里整……”

黑蛋翻着眼睛说：“谁叫你干坏事呢？像你这种人，就该沉到河里去喂鱼！”

王子民说：“我干坏事遭了报应，黑蛋你谋杀我也遭了报应。做坏事都不会有好结果的，以后我们都好好做人吧。你不要再纠缠孟秀英了，我们这样的人，配不上她。”

王子民说得言真意切，早把孟秀英的计划忘到了九霄云外。他想，自己的故事顽石听了都会点头，何况黑蛋这个活生生的人。只要黑蛋重新做人，大家就都能过上太平日子。

王子民哪知道黑蛋听了他的话表面上装出感动的样子，表示一定重新做人，心里却在嘿嘿冷笑。

黑蛋告别王子民，就搭了车直奔青松岭。他悄悄在青松岭下了车，躲在路边树林里观察着小屋的动静，直到路上过往的车子非常稀少了，才大摇大摆走到小屋前，敲响了门。

孟秀英这些时候除了每天给家里打打电话问黑蛋有没有回来，就无事可做，只好耐着性子住下去。听到有人敲门，忙端着油灯走到门前，问：“谁？”

“老子！”

孟秀英一听是黑蛋，又气又怕，连忙拿了根木杠子顶着门，然后吹灭灯，回到里间躲起来。

黑蛋见孟秀英不理他，一脚踢开两扇旧木门。他打着打火机，四处一照，又点亮那盏油灯，端起来寻到房中，果然看到角落里有一个稻草人。他把稻草人拎起来往地上一丢，就看到了躲在稻草人后面的孟秀英。孟秀英转身就往门外跑，黑蛋一把将她抓住，冷笑着说：“现在还跑啥？想去喊人吗？这里可是青松岭。”

孟秀英盯着黑蛋，问：“你来干什么？”

黑蛋淫邪的目光往秀英的身上扫了扫，说：“我早说过，我要娶你做老婆！”

孟秀英心里一颤，说：“黑蛋，我已嫁给王子民了，你就打消这个念头快回去吧！王子民刚才扛着一杆猎枪打野猪去了，一会儿就回来……”

“哈哈哈，到现在你还骗我。告诉你，王子民在省城啥都说了，他也不是什么好东西……”黑蛋一阵狞笑，指指地上的稻草人，把王子民跟他说的一股脑儿告诉了孟秀英。

随着黑蛋的讲述，孟秀英心里的疑问一个个解开了，不由得她不信。她只觉得自己在做一场梦。

“孟秀英，今天连老天都在帮我。你还是老老实实嫁给我吧。”

黑蛋说着，手又朝孟秀英伸去。

孟秀英推开黑蛋的手，哭喊道："你这个流氓！"

黑蛋得意地一阵狂笑，说："我们今天先把夫妻做了，明日回家，再扯个结婚证……"

黑蛋一边说着，一边就动手解孟秀英的衣扣。孟秀英猛地低下头，对着黑蛋的手死死咬去。黑蛋惨叫一声松开手。孟秀英拔腿便朝门外跑，可一只脚刚跨出门，便被黑蛋抓住头发拽回去。

黑蛋把孟秀英拖回屋子，用绳子捆住她的手，封了她的嘴巴，一把将她推到床上，正要施暴，忽然听到屋外公路上传来汽车喇叭声。侧身一看，一辆车停下来，只见王子民下了车，正朝这边走来。他心里一惊，连忙吹灭油灯，抄起一根木杠，屏息敛气躲在门后。

原来，王子民觉得自己说服了黑蛋，便打孟秀英的手机让她回古柳镇。不想孟秀英因为不能给手机电池充电，平时都关机，只在给家里打电话时才打开手机。王子民打不通孟秀英的电话，就请了假连夜坐车赶回青松岭。他站在门口喊了秀英几声，见没动静，便自言自语："屋里刚才还亮着灯啊，怎么会没人？"一边说着，一边走了进来。哪知刚踏进屋子，一根木杠便呼的一声砸在头上，他眼冒金星儿，一头栽倒在地。

孟秀英在房里把外面的动静听了个一清二楚，知道大事不好，再也顾不得上衣已被撕开，她跑出来，猛一下冲出了屋子。

这时黑蛋正在弯腰查看王子民有没有死，见孟秀英跑了出去，立即起身追赶。孟秀英顺着山路往前跑，只盼着这时赶快有辆车子开过来，可老半天也没见车的影子。黑蛋本来加快一步就能抓住孟秀英，但这时只不紧不慢地跟着孟秀英，他想：“我先把你累个半死再说！”

孟秀英的手还被绳子绑着，本来就跑不顺，后来越跑越吃力。这时，她的烈性子又火一样在心里烧了起来，想：“我为什么要跑？最多一条命，跟这坏蛋拼了！”这样想着，她猛一个转身，但她转得太急，脚下碰到块石头，一下就仰面摔倒了。而这时黑蛋正顺着跑上来，说时迟那时快，孟秀英突然想起在电视里看到的兔子蹬踢抓它的老鹰的那招“窝心脚”，于是双腿一弹，朝黑蛋心窝猛地一蹬，只听黑蛋一声闷哼，整个身子朝上一弹，麻袋般摔在地上，再也动弹不得。

再说王子民，他昏厥一阵子后醒了过来，爬起来奔出屋子，看到前面有两个人影在奔跑，顾不得头晕眼花，跌跌撞撞跟了过去，正好看到孟秀英使出“窝心脚”将黑蛋蹬翻。

孟秀英这一脚正中黑蛋要害。黑蛋好半天才从昏迷中醒来，发现王子民正用他刚才捆孟秀英的绳子在捆自己，急得吐出了一口黑血，哀求说：“子民哥，秀英姐，千万别送我去局子，我们的事，还是私了，私了啊！”

孟秀英狠狠地啐了他一口，说：“你还想钻私了的空子？做梦！”

黑蛋被送进公安局后，办案民警了解了整个案子的来龙去脉：孟铜锁虽然撞的是稻草人，未犯交通肇事逃逸罪，但有肇事逃逸的故意行为；王子民虽然有敲诈行为，但最后良心发现终止了犯罪。警察把他们传讯到公安局，好好教育了一番，让孟铜锁和王子民作了深刻的检讨和保证后，把他们都放了出来。只有黑蛋因为故意杀人和强奸未遂被判刑，进了监狱。

案子结了，但当事人心里都不平静。孟铜锁像是看完一部充满哲理的小说，恍然大悟，说：“我总算明白了，人啥都能做，就是不能做亏心事！”

做个聪明人

1.带金项链的狗

河坂城有一个捡破烂的老汉，姓胡，是个驼背，住在筷子巷租来的一间破房子里。这老汉脾气有点儿怪，总是担心别人犯糊涂，时不时就对人说："看你挺聪明的样儿，可别犯糊涂啊！"久而久之，就给自己换来个"糊涂仙"的外号。

胡老汉靠捡破烂为生，每天在城里四处游走，见到的新鲜事不少，但今天他在城郊河堤上遇到的一件事，却让他惊讶得合不拢嘴。啥事？他看到一条京巴狗正朝自己走来，这京巴狗一身银丝般的茸毛，像一团雪球，一看就是富贵人家的宠物，而且这小狗背上还贴着一张白纸，胡老汉一瞅，上面写着几行字——

"这只小狗叫贝贝，它的主人不能再养它了。遇上的君子行行好，你如果收养了贝贝，一定会得到好报的。"

胡老汉蹲下身子，打量着这条叫贝贝的小狗。贝贝见了胡老汉，竟然不认生，一个劲儿地往胡老汉跟前蹭。

怎么突然就冒出一只小狗来？胡老汉朝小狗走来的方向一看，看到一个女人正走下河堤，就大喊一声："喂，这是不是你的小狗？你的小狗丢了！"那女人却像没听见，顾自往堤下走去，一会儿就没了影子。

胡老汉见这小狗好可爱，弯下腰正要把它抱起来，身后却突然传来一声大喝："慢！"

胡老汉回头一看，来了个厉害角色。谁？此人名叫霍白浪，人送外号"聪明鬼"，也住在筷子巷，是巷里家喻户晓的人物。前些年，他做过贩卖宠物狗的生意，后来生意不做了，闲人一个，每天只在街上东走走西逛逛，口袋里不装一分钱，钱却像长了脚似的往他口袋里钻。你可别以为他是小偷，他说他绝对不做那种提心吊胆的事，也没听说过他干过欺骗、敲诈之类的不法勾当，他游手好闲却能吃香的喝辣的，财源不断。这样的人实在太聪明了！

霍白浪挨着胡老汉蹲下身子，说："好家伙，这小狗能卖个好价钱！"又仔细瞅了瞅狗背上的纸片，便伸手把小狗抱了过来。哪晓得这一抱不要紧，他的手像是碰着了什么东西，一翻弄，只见白色的狗毛里金光一闪，一条金项链从小狗的身上露了出来！

胡老汉惊讶得张大了嘴巴："原来纸上说的好报是一条金项链！"说罢，也伸出双手要抱小狗。

霍白浪又大喝一声："慢！"胡老汉一愣，说："怎么啦？这狗是我先看到的。”霍白浪说：“狗是你先看到的，可金项链是我先发现的，道理不用我多说，你给我放聪明点儿！”

胡老汉瞅瞅霍白浪，说：“‘聪明鬼，你想怎么办？瞧你长着一副聪明样儿，可别犯糊涂啊！”

霍白浪听胡老汉这一说，气得脸一下红起来，说：“我咋犯糊涂了？你不就是想跟我抢点儿好处吗？”

胡老汉一见霍白浪的架势，犹豫半晌，说：“我不跟你抢，狗和金项链全归你，行了吧？不过，你可不能只收下金项链，然后把狗丢了或是卖了。拿了金项链就得收养这只小狗，你可想清楚了！”说着，他把那张狗背上的纸揭下来，顺手放进背上的破烂筐里。

霍白浪摸摸金项链，又伏下身拿嘴贴在狗身上咬了咬金项链，是真货！他摸了摸小狗雪白的茸毛，自言自语：“这么漂亮的京巴狗，不简单，太不简单了……”这么念叨着，他的小眼睛转到了胡老汉的破烂筐子上，连忙从胡老汉的破烂筐里把那张纸拿出来，又细细地看了看，像是看到了一幅藏宝图，脸上忽然浮出一丝奸笑，说：“糊涂仙，我不跟你争狗争金项链了，狗和金项链全归你，我只要这张纸。”

胡老汉好喜欢这只狗，正担心聪明鬼拿了金项链却不好好养狗，听聪明鬼这么一说，不禁松了口气，连忙答应了。他见霍白浪拿着纸站起身就走了，一边走还一边看纸头，像拿着一个宝，搞得胡老汉犯起了糊涂：这聪明鬼要那张纸干什么？

再说霍白浪，他揣着那张从狗背上揭下的纸回家后，泡了一杯茶，往沙发上一躺，眯缝着眼睛琢磨开了。这样子琢磨了一个来小时，他一拍大腿，坐起身，端起杯子一口气喝光杯里的茶水，就出了家门，朝一家大超市走去。

霍白浪到了超市，便直接走到总经理办公室，找到了超市的老板巴桑。两年前，霍白浪卖了一条京巴狗给巴桑，他记得很清楚，今天胡老汉捡到的名叫贝贝的京巴狗，正是自己卖给巴桑的那条。

见到巴桑，霍白浪先不提丢狗的事，而是试探性地问："巴老板，你还想买京巴狗吗？我手里有一条很漂亮的京巴狗。"

巴桑打量霍白浪一番，终于认出这个两年前的狗贩子，连忙摆摆手，说："我以后再也不买狗了。两年前，从你手上买了那条狗，本来是想给我老婆遛着玩解闷儿的，哪知道让税务局的陆局长瞧见了，硬是被他要走了！"

霍白浪愣了愣，马上告辞走人。聪明鬼就是聪明鬼，过了没多大一会儿，他就打听到税务局的那位陆局长去年调到发改委当了主任，更神的是，他竟然还打听到陆主任的家在城南新开发的花园别墅。于是，他又赶往那个别墅小区。

哪知霍白浪刚走进花园别墅，便听到不远处传来一阵凄惨的哭声。循着声音看去，只见一幢别墅门口停了具棺材，旁边围着许多人。一个中年女子坐在门口，边哭边说："老陆啊老陆，你咋就这样想不开啊？为什么呀？"

霍白浪听得一愣一愣的，忙向身边的一个妇女打听。这女人是陆主任的邻居，说："陆主任服毒自杀了，停了三天，按照风俗在今天出殡。”霍白浪十分惊讶，又打听他家养的宠物狗，女邻居把头摇得像拨浪鼓，说：“什么宠物狗？他们家从来没养过狗。”

霍白浪不声不响地离开花园别墅，回了家。路过胡老汉出租房门口时，他停了下来，见胡老汉正在给那条宠物狗喂火腿肠。他愣了老半天，才说：“真有你的，你一年到头都舍不得吃根火腿肠，竟然买了来给狗吃！”见胡老汉不搭理他，又说，“糊涂仙，我告诉你一件奇怪事，这条狗的主人已经变成鬼了。”接着，他把刚才打听到的一五一十全都告诉了胡老汉。

胡老汉怔了半晌，连忙跑进院子的破烂堆里，翻出里面的一只破靴子，把手伸进去掏摸老半天，啥也没摸到。胡老汉急了，又将皮靴子倒过来摇了老半天，只倒出一条红蚯蚓。胡老汉跳着脚嚷道：“那条金项链呢？我藏在这只靴子里的金项链呢？”

霍白浪见胡老汉又犯了糊涂，就不再跟他啰唆，摸了摸口袋里的那张纸，转身回了家。

2.谁丢了贝贝

过了没几天，霍白浪又去了趟花园别墅，在陆主任家门口朝里一瞅，突然看到几个穿着检察院制服的人在陆主任家里忙忙碌碌翻找东西，陆主任的老婆站在一旁哭哭啼啼。他从围观邻居的议论中听到，陆主任是听到检察院要对他立案侦查才寻的短见，看来检察院的人也没查到什么东西，不然不会连着来好几趟。

霍白浪的脑袋又轱辘一样转起来。

在回家的路上，他又遇上捡破烂的胡老汉。只见胡老汉背着满满一筐破烂，牵着那条宠物狗贝贝，贝贝的腰上系了根绳子，跟在胡老汉后面左顾右盼，一步三摇地走得欢实。霍白浪连忙满脸堆笑地上前打了声招呼。

从此，霍白浪哪儿也不去，每天不远不近地跟在胡老汉后面，胡老汉走到哪儿，他就跟到哪儿，直到胡老汉天黑回到筷子巷。

这天，霍白浪又一大早就跟着胡老汉出了门。跟了老半天，见胡老汉老是往旧房子破巷子里走，他也不厌其烦，兴致勃勃地看着胡老汉牵着小狗贝贝捡破烂。一直跟到过了下午，眼看天又要黑了，突然，霍白浪看见贝贝蹦跳着直往街边窜，那根拴狗绳把胡老汉拖得晃了一下，胡老汉只好转过身顺着贝贝跑。只见贝贝跑到一个穿黑裙子的女人脚下，叼住了女人黑裙子的裙摆，发出孩子啼哭般的呜咽声。

这是个二十来岁的姑娘，长得十分俏丽，她低头看着贝贝，眼里禁不住露出一丝酸楚。她慢慢抬起头，看了眼胡老汉，说："大叔，请您把小狗的绳子带紧些，它咬我的裙子了。"

胡老汉惶恐地扯着狗绳子，不停地说："贝贝，快松开，再不松开，我要打你啦……"胡老汉不停地拉着绳子，一阵紧拉慢拽，贝贝总算松开了姑娘的裙子，那个姑娘这才走了。可她已经走出好远，还回头望了一眼贝贝。

贝贝望着姑娘走远，嘴里不停地发出不舍的哼唧声。

霍白浪立在街边看着这一幕，拔腿就朝那个姑娘追去。直到看见那个姑娘走进一个叫“香格里拉”的花园小区，进了一幢住宅楼。

这时天已黑了，霍白浪站在楼下，看着那个姑娘进去不久，三楼东边一套房间就亮起了灯光，不禁哈哈大笑……

再说那个穿黑裙子的姑娘，这时正心事重重地坐在客厅的沙发上，看着裙摆上留着的贝贝的牙印，喃喃自语：“贝贝，可怜的贝贝……”

这姑娘名叫肖春梅，是个来自四川的农家女。肖春梅的父母人到中年才有了这个独生女，将她视作掌上明珠。肖春梅从小就心高气傲，人又聪明，学习成绩一直在班上名列前茅。眼看要高考了，哪知祸从天降，她的父亲为了给她攒大学学费，在山上砍柴时摔下山崖，生命垂危，家里到处借债为她父亲治伤，钱花了很多，但她父亲还是死了。过了不久，肖春梅的母亲也忧郁成疾离开了人世，肖春梅转眼间成了一个孤女，大学梦也随之破灭。为了偿还家里欠下的五万多块钱的债务，她离开家乡，来到河坂城一家洗脚城打工，在那里，她认识了一个叫陆进的人。

这陆进垂涎肖春梅的年轻美貌，千方百计靠近拉拢肖春梅，又施以小恩小惠，自称是做生意的老板，帮肖春梅还了欠下的债，如愿以偿得到了肖春梅。为了长期占有肖春梅，他还专门为肖春梅在香格里拉花园小区买了套房子，让肖春梅辞了洗脚城的工作，住在里面，又从巴桑老板那里要来贝贝，让肖春梅解闷儿。两年来，肖春梅一直与贝贝为伴，与通人性的贝贝感情非常深。前些时候，担任发改委主任的陆进得知自已东窗事发，害怕党纪国法的制裁，服毒自杀。虽然陆进平时隐瞒得很深，没有人知道他和肖春梅的关系，但肖春梅决定不再做笼中的金丝鸟，决定离开这个地方，到一个新的环境找事做，自食其力。这样，她就不可能天天跟贝贝在一起。但她在这河坂城人生地不熟，担心引起别人的怀疑给自己惹上麻烦，所以不敢直接把贝贝送人，又担心贝贝沦为一条流浪狗，便在狗背上贴了一张请求过路人收养贝贝的纸条，然后在贝贝身上藏了一条金项链，带着贝贝到了城郊的河堤上。她见河堤上行人稀少，离她最近的是捡破烂的胡老汉，她看胡老汉很面善，觉得这老头儿会对贝贝好，便让贝贝朝胡老汉走去，看到胡老汉停下来注意贝贝了，这才急忙走下河堤……今天贝贝在街头认出了她，咬着她的裙摆舍不得她，让她心里好生难受。她想着自己这两年的屈辱生活，心里又愧又悔，便在心里思谋着赶紧卖掉这套房子，搬到一个新地方，找一份工作，如果能遇上一个喜欢自己的男人，就嫁给他好好地过日子。

肖春梅靠在沙发上这样想着，不知不觉间迷迷糊糊地睡着了。等她睁开眼时，已是第二天一大早了。她站起来理了理睡得凌乱的衣服，正要去洗漱，突然，门铃响了。她一愣，陆进死后，再也没有人来过这个地方，一大早谁会来摁门铃？肖春梅犹豫半晌，没有开门。

肖春梅不开门，门铃却鬼叫似的响个不停。肖春梅无法，走过去，只打开一条门缝，一看，门外站着个送花的姑娘。这个姑娘手里捧着一束红艳艳的玫瑰花，脆生生地说：“小姐，早上好！这花是一位先生叫我送给你的。”

肖春梅诧异起来，问："哪位先生？"

送花姑娘说："一位姓霍的先生。"

肖春梅忙说："对不起，我不认识这个人，这花我不能收。"

送花姑娘说："小姐，我们做点儿事很不容易的。还是请你收下吧。你如果实在不肯收，那就麻烦你写张条，证明我已经把花送到了。不然，我就白跑一趟了。"

肖春梅一想也是，就顺手写了一张条："谢谢你，但我不接受陌生人送花。"

送花姑娘接过纸条就走了。肖春梅刚松了口气，哪知一会儿工夫门铃又响了，肖春梅想，这姑娘怎么没个完啊。她不耐烦地打开门，愣了：门口站着一个红鼻子小眼睛的中年男人。

3.魔鬼缠人

不用说，这男人就是霍白浪，他一脸奸诈地朝肖春梅笑。

肖春梅连忙关门，霍白浪跨前一步，把腿别在门框里，说："小姐，你不认识我，我可认识你，我来是有重要的事跟你说。这事情可是关系你身家性命的。"

肖春梅只得让霍白浪进了屋。

霍白浪毫不客气，一进屋就大大咧咧地往客厅的沙发上一坐，跷起二郎腿，抽出一支烟在嘴上叼着，一双眼睛四处乱睃。

肖春梅在霍白浪对面坐下，问："先生，你有什么事？"

霍白浪见肖春梅不拿火点烟，便自己掏出打火机把烟点了，抽了几口，便往茶几上的一只烟灰缸里弹了弹烟灰，说："这个烟灰缸一定是陆主任生前用的。”

肖春梅的脸唰地白了，但很快又恢复平静，冷冷地说：“先生，我听不懂你的话，我很忙，你如果没事就请离开！”说罢就站了起来。

霍白浪冷冷一笑，说：“小姐，你赶不走我的。我不仅现在不会走，今天晚上我还要在这里睡一觉。要想赶走我，除非陆主任活过来。”

肖春梅气得满脸通红：“你……”

“贪官睡得，我为什么睡不得？”

“你……胡……胡说……”

霍白浪看着姑娘的脸色，暗暗一笑。一切都在按他的计划进行，这姑娘太嫩了，对付她简直像对付一只猫。他继续晃着二郎腿，说：“小姐，昨天有只狗叼了你的裙子，这只狗叫贝贝，是你丢的，我说的没错吧？”

肖春梅结结巴巴地说：“我没……没丢过狗……”

霍白浪从口袋里掏出一张纸，说：“你在那只狗的背上贴了一张纸，这张纸在我手里。刚才，我让花店的小姐给你送来一束花，你拒收，并写了一张条。这纸条上的笔迹跟你贴在狗背上的笔迹一模一样！小姐，这你抵赖不掉吧？要知道，我外号就叫‘聪明鬼’！”霍白浪说着，又从口袋里掏出纸条在肖春梅眼前晃了晃。

肖春梅心里一阵惊悸，沉默半晌，说：“你就算是个聪明鬼又能吓唬谁？就算那狗是我丢的，这跟你说的什么陆主任有何关系？”

霍白浪吸了口烟，斜着眼说：“这关系大了。小姐，你不知道，我从前是个狗贩子，贝贝是我卖给巴桑老板的，巴桑老板又把那只狗送给了陆主任，陆主任如果没把贝贝送到你这儿，你又怎么能跟贝贝这么熟？我这证据环环相扣，你如果还想抵赖，我就请你上一趟检察院。你应该明白，陆主任贪污受贿可不是小数目！他自己都怕得服毒自杀！可检察院的人在他家啥也没搜出，他那笔不义之财，只能在你手里……”

霍白浪滴水不漏的推理让肖春梅哑口无言。半晌，肖春梅才抬头瞟了霍白浪一眼，问：“你想怎么样？”

“也不想把你怎么样，贪官的赃款嘛，大家都有份儿，你花得，我也花得。我看这样吧，你给我五十万，往后，咱们井水不犯河水，就是在大街上见了面，也装作不认识。至于检察院那边，嘿，陆主任归了西，查不出个名堂，你尽管放心大胆地过你的好日子。但你要是不合作，我马上就去检察院报案，你的钱，还有这房子，都会没收，你还得去坐牢！”

霍白浪的一番话让肖春梅头上又冒出了冷汗，她拿起茶几上的餐巾纸擦了擦脸上的汗，说：“大哥，说句良心话，我跟那死鬼三年，他花钱给我买了这套房子，也给了我一些钱。我现在手里总共还有十万块钱，我给你五万块，行了吧？”

霍白浪一笑：“五万块？你打发叫花子呀？我现在就报警！”说着，他装模作样地拿起了沙发旁的电话。

肖春梅被霍白浪吓得心惊肉跳，忙说：“大哥，别报警。我的的确确只有这么多钱。要不，十万块全给你？”

霍白浪慢慢放下话筒，说：“也行，那就先给十万。”

钱存在银行里，肖春梅拿着存折出门去取钱。霍白浪便在屋子里翻箱倒柜。他在肖春梅床头柜里找到一副金耳环和金手镯，毫不客气地放进口袋。

肖春梅取钱回来时，见霍白浪正撕开她的一个枕头在找东西。她不敢发火，压住气说：“大哥，你看你没找到什么吧？我不骗你，真的只有这么点儿钱。”说着，将手提袋递给霍白浪。

霍白浪打开袋子，朝下一倒，一堆钱就落在床上，数了数，整整十沓百元大钞！他不动声色，把钱重新装进袋子里，说：“你还欠我四十万。”

肖春梅忍无可忍，气愤地把手上的存折送到霍白浪眼皮底下，说：“你瞧瞧！我只有这张存折，上面只剩下八千块钱。你叫我拿什么再给你四十万？土匪也会留点儿粮食让人过冬呀！”

霍白浪瞅瞅肖春梅，拉下脸，又看了看房子，说：“没钱？你还有房子呀！你把这房子卖了……”

肖春梅说：“卖了房子我住哪儿？你也太黑了！”

“黑？嘿！”霍白浪瞅瞅肖春梅，涎着脸笑，“我这人好说话。你舍不得卖房子，就做我的二奶。三年后，咱们井水不犯河水，咋样？”

肖春梅猛一下打开霍白浪的手，喝道：“浑蛋！”

霍白浪如今是蚂蟥叮在伤口上，不吸个肚儿圆怎肯罢休？他嘿嘿冷笑着，说：“你要么卖房子，要么陪老子睡三年。两项选一项！下午我再来……”霍白浪说完，也不管肖春梅，拎着钱袋子走了出去。

肖春梅砰的一声关上门，背一靠在门上，就顺着门滑了下来，她身子一歪坐在地上，呜呜地哭了起来……

4.自作聪明

肖春梅哭得泪水都干了。她呆坐在地上，双目无光，越想越难过：自己的命咋就这么苦呢？爹娘死了，把她一个人扔在世上，稀里糊涂地给贪官做了三年二奶。现在贪官死了，她想自食其力，以后找个好男人过日子，岂料突然又跳出个霍白浪，往死里来敲竹杠！

她看着房子，想了很久，还是理不出头绪。她不愿把房子卖掉换成钱给聪明鬼，更不愿为了保住房子给聪明鬼做三年二奶。怎么办呢？报警吧？房子要充公不说，自己还会坐牢，自己这个二奶还会让人唾骂。肖春梅越想越觉得活着没意思，慢慢从地上爬起来，背着个挎包出了门。

肖春梅沿着一条大街往前走，路过一家药店就买几粒安眠药，一连走了好几家药店，一共买了几十粒安眠药。返身往回走时，却看见街对面一家酒馆里走出了歪歪倒倒的霍白浪，手里还拿着肖春梅那个装钱的手提袋，但袋子是空的。

原来霍白浪从肖春梅家出来后，就到银行把钱存了起来。他存好钱，越想越为自己的聪明得意。得意之余，就找了家酒馆大喝了一通。他醉醺醺地从酒馆出来，哼着小曲往街这边走。躲在后面的肖春梅看着他这副得意样儿，气得肺都要炸了。她恨恨地想，就算自己死了，也不能让这个狠毒的聪明鬼留在世上害人！

这样一想，肖春梅走进一家五金店，买了把短柄小铁锤，装进小挎包里。她看到霍白浪正顺着大街往香格里拉花园小区方向走，就不远不近地跟在后面。

霍白浪和肖春梅一前一后走了一阵，胡老汉牵着贝贝也走了过来。

霍白浪不知为啥突然转过了身子，看到胡老汉就停了下来，眯着一双醉眼，又看了看胡老汉身后的贝贝，忍不住就开心地笑了，得意地朝胡老汉大叫："糊涂仙啊糊涂仙，你像头蠢驴一样每天沿街捡破烂，每天累得要死也捡不出二十块钱，得了人家送的一条金项链，竟然会笨得藏在一只破靴子里，你瞧我……"他晃晃手上的手提袋，还想说点儿什么，可话到嘴边又硬生生咽了回去，只把袋子往胡老汉背上的破烂筐里一扔，说，"这个袋子，送给你当破烂……"说罢，招了一辆出租车，一溜烟儿地走了。

胡老汉从破烂筐里拿出女式手提袋，又犯起了糊涂：挺好一个手提袋，怎么就当破烂扔了呢？看来这个聪明鬼喝醉了。胡老汉正这么想着，贝贝突然兴奋地跳起来，兴奋地往前面跑过去。

胡老汉跟着贝贝走了一段路，看到了站在一棵树后的肖春梅，贝贝哼唧着围着肖春梅的脚边不停地转，显得十分高兴。肖春梅情不自禁地弯下身，搂住贝贝，爱怜地用手抚摩着贝贝。

胡老汉打量着肖春梅，说："姑娘，我这狗跟你好亲啊。"

肖春梅说："大叔，不瞒你说，贝贝是我养的。"

胡老汉吃惊得张大了嘴巴，说：“难怪啊！姑娘，你这么喜欢它，怎么就舍得把它丢了？”

肖春梅叹了口气，眼里闪着泪光，低下头不说话。

胡老汉瞧瞧肖春梅，又问：“姑娘，你不是有什么伤心事吧？”

肖春梅抹了把脸上的泪水，勉强一笑，她又抚摩着贝贝，说：“大叔，我没有什么伤心事，我活得很好。大叔，其实那天我是看到你在，才让贝贝过去的。我知道你是个好心人。”

胡老汉这才明白那天见到的女人就是肖春梅，他接着给肖春梅说了那天后来发生的事情。

肖春梅恨恨地说：“想不到那家伙只见到一张纸，竟生出那么细密的算计来，真是太奸诈了。”接着她又低低地叹息一声，“大叔，我要离开这里到很远的地方去，贝贝跟了我两年，我舍不得它，可也不能再养它，就拜托您老人家好好养它吧。”

肖春梅说着，从包里掏出那张存折，用笔在上面写了一串数字，说：“大叔，我这折子上还有八千块钱，密码我写在上面了，你拿着吧，就算是贝贝的抚养费。”

胡老汉连忙推辞说：“姑娘，你已经给了一条金项链了，我不能再要你的钱，不行，不行！”

肖春梅把存折往胡老汉手上一塞，转身就走。

胡老汉看看手上的存折，心里头又嘀咕起来：“这姑娘看着挺聪明的，别是犯了什么糊涂吧……”

再说肖春梅，她人还没到家门口，就看见醉醺醺的霍白浪在拼命摁门铃，气得七窍生烟，骂道：“你眼瞎了？没看见姑奶奶在你身后？”

霍白浪回过头看见了肖春梅，连忙闪开身子让肖春梅开了门，歪歪扭扭地跟着肖春梅进了屋，往沙发上一靠，眯着醉眼瞟瞟肖春梅，问：“你选哪一项呀？”

肖春梅没作声，在霍白浪对面的沙发上坐下，说：“霍先生，你说的那两项我能不能都不选？我给你的十万块钱是我用青春换来的，你拿去了，也该知足了，可别人心不足蛇吞象。”

霍白浪伸伸脖子，翻翻白眼，说：“什么人心不足蛇吞象？你就是头猛犸象，我也要把你吞下去！你到底打算选哪项？要不，就选做二奶这项吧？”

肖春梅暗自咬咬牙，脸上挤出一丝笑，说：“我是你手掌心的一团面，你想怎么捏就怎么捏吧。”

霍白浪听得好得意，眯着小眼睛说：“就是嘛，你总算是个聪明人。来，我口渴了，你给我倒杯水。”

肖春梅进了厨房，拿出早就放在口袋里的安眠药，急急地用锤子捣成粉末，放进茶杯里。不一会儿，她端着一杯橙汁走出来，递到霍白浪面前，说：“喝吧。”

霍白浪端起杯子，‘咕咚咕咚’几口就将饮料喝了下去，将茶杯往茶几上一放，红着眼瞅着肖春梅，色眯眯地说：“你扶我到卧室里去……”

肖春梅说：“你先在沙发上坐一会儿，我去冲个澡。”说着，便进了卫生间，她关了卫生间的门，悄悄瞄着靠在客厅沙发上的霍白浪。只一会儿工夫，霍白浪就从沙发上栽下来，传出如雷的鼾声。她奔出卫生间，朝着霍白浪发出阵阵冷笑，阴森森地说：“姓霍的，我本来就活得窝囊憋气，你还这样欺负我，你要弄聪明，我这就让你做聪明鬼……”

她笑一阵，骂一阵，哭一阵，又跑进厨房拿出铁锤，高高地举着，朝霍白浪扑了过去。

突然，门外传来一阵熟悉的狗叫，是贝贝！肖春梅愣了愣，将目光移向家里的防盗门。

贝贝还在门外叫个不停，肖春梅禁不住慢慢走到防盗门前，眼睛贴在猫眼上，看见胡老汉立在门前，手里牵着贝贝，贝贝一边叫着，一边急切地拿爪子抓着门。

胡老汉也用手拍着门，说：“姑娘，这儿是你家吧？贝贝要见你，你开门吧！”

肖春梅一下从癫狂状态中醒过来，放下手里的铁锤，慢慢从门前回到客厅。看着躺在地板上的霍白浪，猛地拎起霍白浪的双腿，朝卫生间拖去，这霍白浪虽然个子不高，没想到却是死沉死沉的，不过几米的距离就把肖春梅累得气喘吁吁。她掩上卫生间的门，抹了抹头上的汗，打开了房门。

贝贝竖着尾巴冲进来，围着肖春梅脚边直打转转，不停地叫，胡老汉也跟着进来了。

肖春梅掩饰着心里的慌乱，问：“大叔，你怎么到我家来了？”

胡老汉掏出那个存折递给肖春梅，说：“姑娘，贝贝有灵性，是这小东西带着我来的。我会好好待贝贝，你放心好了，但这存折我不能要。”

这时，贝贝突然挣脱牵在胡老汉手上的绳子，朝卫生间跑去，它撞开卫生间虚掩的门，发出“汪——汪——”的叫声。

胡老汉朝卫生间一瞅，看见里面躺着一个人，胡老汉吃惊地叫道：“天啦，你这是干什么呀？”

肖春梅面色惨白，站着一动不动。

胡老汉跑进去一瞧，又大叫：“咦，这不是聪明鬼吗？咋躺在这儿了？”他转过头又问肖春梅，“姑娘，聪明鬼怎么倒在你卫生间里了？”

肖春梅眼里喷着火，说：“他是个送上门的鬼！一个讨债鬼、催命鬼！”说着，她又想起聪明鬼对自己的种种恶行，一下子血往头上直涌，又癫狂地抄起地上的铁锤，大喊一声：“我这就让他做鬼去！”

5.千万别犯糊涂

胡老汉一看肖春梅这样，给吓坏了，连忙死死拦着肖春梅，说：“姑娘，看你一副聪明样儿，咋就这么糊涂呀！你跟聪明鬼到底结了什么仇，要这样？”

“大叔，我……”肖春梅泪如雨下，把霍白浪敲诈逼迫她的事情一口气说了出来。

胡老汉怔了半晌，看了看仍在地上打着呼噜睡得香的霍白浪，一把夺下肖春梅手上的铁锤，说：“姑娘，这个霍白浪的确是个该死的鬼，但他不能死在你手上，你得把他交给警察！”

肖春梅痛苦万分，摇着头大哭：“大叔，我是个很脏的人，活在世上本就没意思。霍白浪还死死揪着我的短处不放过我，你就让我跟他一起去见阎王吧！”说着，冷不防又夺过了胡老汉手里的铁锤。

胡老汉年纪大，又是个驼背，无力挡住愤怒和绝望的肖春梅。眼看肖春梅手里的铁锤就要砸下去了，胡老汉猛然大喝一声：“慢！”

肖春梅被胡老汉这猛一喝，不禁停了下来，举着铁锤的手僵在半空。

胡老汉喘口气，说：“你杀了他，自己就走上了绝路，我既然拦不住你，那你先把贝贝的宠物证找出来交给我！”

肖春梅一愣：“什么宠物证？”

胡老汉说：“没有宠物证，养贝贝就是非法的，它就会被抓走，被活活打死！你知道打狗队会怎么打死贝贝吗？他们会先用绳子勒住它的脖子，拿大脚踩住它，再用大棒子敲它的头，一下一下地敲死！”

胡老汉说着，一下抓起地上的贝贝，一只手卡住贝贝的脖子，另一只手一下一下地扬起，砸在贝贝头上，贝贝被卡得喘不过气来，发出呜呜的惨叫声。

贝贝的惨叫声像针一样一下下扎在肖春梅心上，她一把扔下锤子，猛地坐在地上，双手塞住耳朵，喊道：“别打了！快放了贝贝！”

胡老汉一把松开贝贝，贝贝连忙跑到肖春梅跟前，用嘴一下下亲着肖春梅，像个受了委屈的孩子在妈妈跟前撒娇。

胡老汉拿脚踢了踢地上死狗一样的霍白浪，说：“你连一只小狗也舍不得它死，这家伙坏是坏，可毕竟是个人啊！再说，你要是这样葬送了自己，怎么对得起你爹娘？”

肖春梅又大哭起来，说：“大叔，我到底该怎么办啊？”

胡老汉说：“姑娘，你把这个聪明鬼交给警察，把这套房子交给政府，你不就没事儿了？”他捡起地板上的铁锤，放进筐子里，说，“这铁锤子嘛，就当破烂送给大叔了。”

肖春梅呆了很久，有气无力地说：“大叔，麻烦你帮着打个电话。”

胡老汉走到桌边拿起电话拨了“110”，把话筒递给肖春梅，说：“你把事情经过亲自告诉警察，算自首……”

胡老汉从公安局作证回来，走进筷子巷，就听到巷子里的人都在议论霍白浪被抓的事。有人看到胡老汉来了，就跑上来问：“大叔，聪明鬼到底是怎么被抓的？”

胡老汉说：“他太聪明了，是睡着的时候被抓的。”说完，他带着两位警察走进出租屋，从一条墙缝里掏摸了半天，掏出一条金项链，递给警察，然后朝围观的人嘿嘿一笑，说，“金项链其实还在，并没有变成红蚯蚓，我是怕聪明鬼来算计它，才故意做给他看的。我才不会犯糊涂，来路不明的东西，迟早要交出去。”

胡老汉又蹲下来摸摸贝贝的头，说：“把不干净的东西都交出去，那姑娘就一身干净了！你嘛，就跟着我好好地捡破烂吧。”

一个月后，肖春梅从拘留所大门走出来，一出门就看到胡老汉牵着贝贝在等她。肖春梅弯下腰，把贝贝抱起来，抚摩了几下，眼泪又不自觉地流出来。

胡老汉从口袋里拿出张火车票，还有一张写着地址的纸条，一起交给肖春梅，说："我女儿在广州打工，昨天我跟她通了电话，她说她打工的那家工厂现在还在招人……"

肖春梅扑通一声跪在胡老汉跟前："你是我再生的爹！"

胡老汉忙把肖春梅拉起来，说："好闺女，我认你这女儿了！你还年轻，有过不完的好前程，以后无论遇上什么事，都记着别犯糊涂……"

烦心的狗事

十佛镇有个砖瓦厂，前不久，厂长王大汉退休回家，闲来无事，靠遛狗打发时光，但最近他发现，家里的两只哈巴狗成了不祥之物。

这两只哈巴狗是王大汉当厂长时，和副厂长石奇迹一起到县城买的。当时，他和石奇迹一人买了一只，各自带回家养起来。两只小狗崽渐渐长大，性情就大不一样了：王大汉的狗凶，常常冲着人汪汪叫，像个骂街的泼妇；石奇迹的狗很温顺，王大汉夫人上石奇迹家打麻将时，那狗一见她，就朝她摇尾巴，摸它一下，就伸出舌头舔她的手指，围着她撒欢儿。王大汉夫人总是夸那只狗可爱，石奇迹就把那只狗送给了王大汉，从此，王大汉家便有了两只哈巴狗。镇上的人说起王大汉家的两只哈巴狗，就把石奇迹送的那只叫“奇迹狗”，把原先那只叫“大汉狗”。

刚开始，大汉狗对新来的狗很霸气，张口就咬，奇迹狗像个龟儿子，见了它就躲。吃食时，大汉狗先吃，奇迹狗站在食钵边像个乞丐，得等大汉狗吃到肚儿圆，才能舔食钵里的残羹剩汁，每次都吃不饱，最后还得舔舔大汉狗嘴边的饭渣充饥。大汉狗很懂得享受，每次吃饱后，就把嘴巴伸给奇迹狗，让它帮自己舔干净，舔得不满意，还要咬它一口。

王大汉当厂长时，石奇迹隔三岔五要上王大汉家坐坐。每次都要看看自己送给王大汉的狗，满脸堆笑地看着他送的狗在王家舔食钵，舔大汉狗的嘴巴，还经常挨咬，一声不吭。后来，石奇迹当上了厂长，有时也到王大汉家坐坐。石奇迹一来，王大汉就叫老婆做几个好菜，和石奇迹一起喝几杯。王大汉这样做是有原因的，他儿子是厂办公室的办事员，在石奇迹手下做事。

石奇迹每次来还是要看看奇迹狗，他发现自己都当上厂长了，奇迹狗还在舔食钵，舔大汉狗的嘴巴，经常挨咬，脸色就不好看了，渐渐地，他不太上王大汉家了。

这天，王大汉突然想起石奇迹好久没来，就问儿子："石厂长咋不上咱家来了？是不是对我有什么看法？"

儿子说："有一次，石厂长说他的狗在咱们家舔食钵，舔咱家狗的嘴……"

王大汉一怔，瞅瞅墙根下的两只哈巴狗，大汉狗已经吃了个肚儿圆，正伸着嘴，美滋滋地让奇迹狗舔着。王大汉火了，抄起棍子，照大汉狗屁股就打，边打边骂："孽畜！你凭啥让它给你舔嘴巴？"

大汉狗突然遭了一棍子，恼火地发出一串号叫，从家里逃出来。奇迹狗连忙跟着大汉狗跑，一起跑到街对面的墙角蹲下，大汉狗又伸出嘴巴，让奇迹狗舔。王大汉一看，叫苦不迭，提着棍子追过去，两只狗又爬起来一起跑。

这时，石奇迹夹着公文包，正一晃一晃地从砖瓦厂大门走出来。王大汉见了，慌忙躲到一棵树背后，远远望着。这时，两只狗在厂门口蹲下，奇迹狗又伸出舌头，舔着大汉狗的嘴。石奇迹见了，脖子猛一下粗起来，“呸”的一声，朝两只狗吐了口痰，抬脚就朝大汉狗踢去。两只狗吓得又跑起来。石奇迹这才气哼哼地往家走。

几天后，王大汉的儿子突然从厂办公室下放到车间，当了个运砖工。王大汉大为震惊，他明白，这完全是狗事引起的人事变动。他决定先把大汉狗的威风打下去，再找石奇迹求情。

接连几天，王大汉一见大汉狗让奇迹狗舔嘴巴，就抄起棍子赶，赶得两只狗满镇子乱跑，但两个狗东西一到吃食的时间，奇迹狗就会舔大汉狗的嘴。这天，王大汉还听到有人说：“王大汉下台这么久了，‘奇迹狗’还在舔‘大汉狗’的嘴巴哩！”把王大汉急得直冒冷汗。

这天傍晚，王大汉抱着奇迹狗来到石奇迹家，弯着腰，堆着一脸笑，说：“石厂长，我把这狗还给你。”

石奇迹一听，立即摆手，说：“老厂长，你这是何苦呢？这狗是我送给你的，如今你退下来，我当上厂长了，就收回狗，厂里的职工会怎么说我？”

王大汉一想，对呀，这影响不好！忙说：“要不这样吧，我把我家那只狗送给你……”

石奇迹又是摆手："那更不行，你是老厂长，我当上厂长你就给我送狗，别人更要说闲话了！"

王大汉又想了想，说："你家的狗在我家活得委屈，主要责任是我家的狗不知天高地厚。干脆，我把我家那条狗打死算了！"

这下石奇迹板下脸，说："为了我的狗，就打死你的狗，你这不是给我脸上抹黑吗？"

天哪，这不行，那也不行，怎么办呢？王大汉想呀想，终于想出个好主意……

第二天，王大汉来到镇上的白铁铺子，弄了两块白铁皮，剪了两块牌子，一块像野兽，另一块像小鸡，然后，请镇中学的美术老师涂上颜色。这样，两块牌子就成了老虎和小鸡，活灵活现，像真的一样。

接下来，王大汉把老虎牌子挂在奇迹狗的脖子上，把小鸡牌子挂在大汉狗的脖子上。两只哈巴狗突然挂上牌子，很不习惯，相互对视着，大汉狗见奇迹狗脖子上挂着一只张着大嘴的老虎，顿时吓得后退一步，奇迹狗见大汉狗脖子上挂的是一只嫩黄的小鸡，便往前跨了一步，大汉狗见奇迹狗跨过来了，吓得又退了一步，奇迹狗便又往前凑了一步，大汉狗"汪"地叫一声，慌张地跑出了门。

一旁的王大汉看得哈哈大笑，他给狗食钵里倒了一碗汤饭，奇迹狗立即奔到食钵里吃起来，大汉狗见了，也跑回家，蹿到食钵边，刚叼了一口，突然看见眼前老虎一晃，连忙退到一边。王大汉拿棍子敲了它一下，说："畜生，你给我记住，人家是虎牌狗，你呢，是一只小鸡！”

这一餐让奇迹狗吃了个肚儿圆，它蹲在门口，直打饱嗝儿，刚舔完食钵的大汉狗连忙上前，伸出舌头，把奇迹狗嘴上的饭渣舔了个干干净净。

从这天起，王大汉总是只给足一只狗的食量，让挂老虎牌的奇迹狗吃饱，然后让大汉狗舔食钵和奇迹狗的嘴。这样过了一个星期，两只狗的地位完全颠倒过来。

这天中午，王大汉来到砖瓦厂，邀请石奇迹到家里去坐坐。

石奇迹见王大汉来了，不冷不热地跟他打了个招呼。

王大汉说：“石厂长，你嫂子做了几个菜，想请你去坐坐、聊聊。”石奇迹连忙推辞，说自己还有事，王大汉说，“去吧，我家里有稀奇看呢！”

石奇迹一愣，说：“能有啥稀奇？又让我看我的狗舔你的狗嘴巴？”

王大汉摇摇头，神秘地一笑，说：“狗这东西，比人还精，现在，我的狗天天舔你的狗的嘴巴。”

石奇迹一听这话来了劲，说：“哦，好些天没上你家了……”

下班后，石奇迹直接来到王大汉家，王大汉家的桌子上已经摆满了酒菜。王大汉想让石奇迹一睹为快，就先盛了一碗饭，拌上肉汤，倒在狗食钵里。正蹲在狗窝的两只狗见了，急忙从窝里蹦起来，直奔狗食钵。

石奇迹眼睛一眨不眨地盯着两只狗，只见他的狗跑到食钵边，埋头吃食。大汉狗围着狗食钵打转转，却不敢上前，心里正在偷偷高兴，突然，大汉狗猛地一跳，对着奇迹狗的脖子狠狠地咬了一口，奇迹狗发出一声尖厉的惨叫，挣扎着扑向大汉狗，但大汉狗越咬越凶，这些天的饥饿、屈辱和愤怒转化成无穷无尽的力量，像只小老虎似的，把奇迹狗咬得连连惨叫，落荒而逃。大汉狗还不罢休，紧跟着追出门外。

王大汉被这场意外惊呆了，在一旁站着一动不动！

石奇迹的脸色变得铁青，说："老上级，今天你叫我来看的就是这稀奇啊？你是故意戏弄侮辱我吧？"说完，"哼"的一声，拂袖而去。

王大汉缓过一口气，喊了一声："老天爷啊！"

这时，奇迹狗又被追得跑回来，一头钻到王大汉的双腿间躲藏。王大汉弯下腰，看着奇迹狗身上的斑斑血迹，心疼不已，说："你今天怎么被欺负成这个样子？我不是给你挂了老虎牌子吗？"这么一说，他猛地一惊，只见奇迹狗脖子上光光的，急忙跑到狗窝里，捡起掉在狗窝里的老虎牌子，朝石奇迹追过去，边跑边喊："石厂长，牌子掉了，是牌子掉了啊……"

临时抱佛脚

饶副部长原是一镇长，今年被提拔到清河县委宣传部做了副部长。他上任后，知道清河县文化人很少，为此，他专门走访负责抓全县业余文学爱好者创作的县文化馆。

吴馆长毕恭毕敬地接待了饶副部长。到了吃饭的时候，吴馆长缩缩鼻子，看看手表，再看看饶副部长。

吴馆长心里嘀咕：文化馆穷，账上没一分钱哩。怎么招待上级呢？

吴馆长犹犹豫豫地走到餐馆大门口，适逢一个包工头带着几个泥匠也来餐馆吃饭。早几年，文化馆维修办公楼时，吴馆长把这笔不大不小的业务给了这个包工头。包工头看见吴馆长，寒暄道："吴馆长，你来吃饭？跟我们一块儿吃吧。"吴馆长说："我还有个客人。"包工头说："也叫他跟我们一块儿吃吧。"吴馆长瞅瞅四个灰头土脸的泥匠，对包工头说："客人是县委宣传部的饶副部长。"

吴馆长转身回办公室，笑眯眯地说："饶部长，今日真是巧啦！刚才我去那边餐馆定饭，碰到咱县几个作者路过餐馆门口，我就把他们喊住了，你能不能跟他们见见面，让他们陪你吃餐饭？"

饶副部长一听是业余作者，立即站起身说："好！"饶副部长跟吴馆长进餐馆一雅间，见几个衣服上沾着泥巴的小青年诚惶诚恐地立在桌边。饶副部长伸出手说："大家好！业余作者们好！"包工头和几个泥匠腼腆地跟饶副部长握手。几个泥匠伸着脖子等着听饶副部长说话。

饶副部长问泥匠们："你们从事什么工作？"

泥匠从腰后面的裤带上抽出雪亮的泥刀说："饶部长，我们卖刀，做泥匠，业余时间搞点儿创……作。"这是吴馆长提前教他们说的。

饶副部长点点头："你们生活在最底层，在卖刀之余搞文学创作很不简单。发表过什么作品？"几个泥匠晃晃头："没发表过作品，我们还要写……下去。"饶副部长也点头："你们的精神可嘉！要继续写下去。我相信你们一定能写出不愧于这个时代的大作品来！来，我先敬你们各位业余作者一杯！"饶副部长端起酒杯。包工头和几个泥匠立即端起酒杯咕嘟干了杯，随后拿起筷子瞄准桌上的大鱼头和烧鸡，猛地吃了一阵，额上冒出热汗，用手一抹，再端起酒杯回敬饶副部长。

饶副部长看着他们那吃相，心里嘀咕着：真是几个业余作者，吃饭不像文人，难怪没发表作品。他心里这么想，但回敬过来的酒都一一喝了。

闹了一个多小时的酒，饶副部长舌头发硬，话题越扯越远：“业余作者，未来的作家，你们……卖刀做……泥匠，我家墙裙要请各位去‘润色’一下，明日就去，怎么样？”

泥匠不知“润色”是个啥意思，面面相觑。

吴馆长瞅着饶副部长半猜着说：“把墙裙装潢一下，贴上彩色瓷砖？”

“对……对！”饶副部长弯弯脖子，勾下头，栽在桌上，打起了呼噜。

第二天，几个泥匠到饶副部长家来了。饶副部长跟他老婆交代一番后去县里开会。他老婆就在家里指使泥匠在她家客厅贴彩色瓷砖。泥匠很卖力，手艺也不错，忙到日头偏西，就把饶副部长家的客厅墙裙贴好了瓷砖。饶副部长的老婆高兴地说：“听饶部长说，你们是文人，除了写散文诗歌，还能做泥匠，好手艺呀！”

“饶副部长跟我说了，你们把我家的墙裙润色好了，每人交一篇文章。诗歌散文都行，他把你们的作品推荐到县报上发表，有稿费。”

几个泥匠都蒙了。他们只有小学文化，这些年在外做泥匠，小时学的一些字大半还给老师了，现在突然让他们写散文诗歌，岂不是赶鸭子上架？正丈二和尚摸不着头脑时，吴馆长来了。

吴馆长怕几个泥匠在饶副部长家露馅，特地来关照。见状，吴馆长把泥匠招呼着出了饶副部长家，对他们说：“你们一共多少工钱？”

泥匠们说：“干一天，每人三十元，一共一百五。”吴馆长待了一会儿，对泥匠们笑着说：“饶副部长帮你们推荐文章发表，你们今天干的活儿也算帮他家一天的忙吧。”

泥匠们答：“我们不会写文章。”

吴馆长只想把泥匠打发掉，从腰间抽出一本书说：“不会就学嘛。你看人家出的书，拿去看看吧，看人家怎么写的。你们有生活基础，应该写得出好文章，到时让饶副部长推荐到县报上发表，有稿费，比一天的工钱还要多。”

几个泥匠捧着吴馆长送的那本书回家。他们翻开那本散文集，作者叫“王若男”。他们一边看，一边挠着头皮说：“文章好难写呀，工钱不好讨呀，娘的，这样吧……”他们嘀咕一阵，每人从那本散文集上抄了一篇，并署上自己的大名，张细狗、张二猫、张二牛等。忙了一夜，第二天送到饶副部长家。

饶副部长把每篇散文浏览一遍，拍了一下大腿：“写得不错嘛！”便推荐到县报社去了。报社的编辑见是饶副部长推荐来的，立即在周末版发了一个县业余作者散文专号。

半个月后，张细狗等几个泥匠每个人收到了五十元的稿费。他们惶惶然，手舞足蹈，每人拿出二十元凑在一起去一家餐馆吃狗肉火锅，碰巧饶副部长和吴馆长路过餐馆门口，便请他俩一起吃狗肉。饶副部长将一块狗肉夹着往嘴里一丢，嚼着说：“你们是很有潜力的业余作者，一般人请我吃狗肉我不会……”正说着，一个戴眼镜的女人进来了，她睨着桌边的人，问：“谁是张细狗、张二牛？”

饶副部长瞅着她：“你是记者，采访这几个业余作者？”

戴眼镜的女人说：“不，我叫王若男，邻县的人。张细狗等人抄我发表的散文发在贵县的报纸上，我找他们好几天了。”

几个泥匠吓得从座位上跳起来准备逃。王若男说：“逃得掉和尚逃不掉庙，今天通过报社找到你们家去了，才晓得你们在这里吃狗肉。你们必须把稿费退还给我；我找你们花了几百元的路费要赔偿；你们要公开向我道歉……否则，法庭上见！说一说，你们为啥抄袭我的文章？”

几个泥匠嗫嚅着说：“我们不会写文章。”

戴眼镜的女人说：“不会写文章的人多得很。不会写就不会写，为啥抄文章？干啥活儿不行？”

泥匠说：“我们从没写作过，只干泥匠谋生，是为了讨几个工钱才抄文章的……”

坐在一旁的饶副部长脸红得像鸡冠，不敢正脸面对这群业余作者！

还是老婆说了算

老王开了间杂货铺，卖墨鱼香菇之类。这几年他赚了些钱，免不了穷朋友穷亲戚向他借钱。老王曾对天发过誓，发了财不借钱给别人。但他又喜欢充阔，摆大方。若有人向他借钱，他满口答应，转过身儿，又找个借口轻易地把人打发了。不明他底细的人还以为老王这人挺讲义气的哩！

有一天，他走在大街上，碰到一个好长时间没见面的朋友老罗。老罗灰头土脸的，一瞧就像个没混出名堂的人。两人一见面，握手寒暄，并打听对方现在干啥。

老王笑眯眯地说："老罗，这几年我混得不错，开个铺子，赚了不少钱。你呢？"

老罗晃晃头叹口气。他告诉老王，这几年他给人打工，每个月能挣千把块钱，无奈老婆病恹恹地经常上医院，家里入不敷出。这次老婆治病欠了一千元的债。末了，老罗眼巴巴地看着老王说："今日我正想找熟人借钱还债，没想到碰上做了老板的兄弟，真是老天给我指了路哇！兄弟，你借我一千块钱吧，到年底我还给你！”

老王心里“咯噔”一下，小眼睛转了几转，拍拍老罗的肩膀：“行！朋友有难我两肋插刀！你回家等着吧，这会儿我有点儿急事要办。到晚上，我送一千元到你家去。”

晚上，老王果然到老罗家来了。老罗和他女人给老王倒茶又让座，恭敬得不得了。老王坐下后，大大咧咧地将一杯茶喝完，用舌头舔干唇上的茶水后，狠狠骂了一句：“娘个蛋！”

老罗和他女人在一旁暗吃一惊。

老王气愤地说：“老罗，你有困难，我理应帮助。白天在路上碰到你后得知你家的情况我就回家跟我女人说了。我女人不通情达理，说什么也不借钱。当时，我气得不得了，照她嘴就一巴掌。这下坏了，她更不拿钱出来。家里的钱全攥在她手里呵！”

老罗和他女人吃惊得张大嘴巴。老罗说：“老王，你女人不愿意就算了，何必打她哩，千万别为这事伤了你们夫妻的和气。我去找别人借借就行了。”

老王站起身，说声“对不起”，显得十分抱歉地走了。

这事按一般情况来看，就该结束了。但老罗和他女人是一对老实巴交的夫妻，当晚，他们俩睡在床上一夜没合眼，越想越觉得自己家穷导致别人夫妻打架是多么大的罪过呀！第二天上午，老罗和他女人上老王家的铺子看望老王夫妻，以示歉意。

这时候，老王不在铺子里，老王的女人正站在柜台前招徕顾客。她看见铺门前立着的老罗和他女人，忙笑眯眯地招呼：“哎呀，你们夫妻俩站在门口干啥呀？好长时间没见到你们，快进铺子里坐坐吧！”

老罗和他女人尴尬地走进铺子。老罗女人对老王女人说：“昨天，老罗向老王借钱，害得你们夫妻俩吵架，真对不起呵！”

老王女人一怔：吵架？没呵！也没听说老罗向老王借钱的事。知夫莫若妻，老王女人眨眨眼，便猜出了八九不离十。但她不愿揭老王的老底，谁叫他是她丈夫呢！她漫不经心地跟老罗和他女人聊天，得知他们急需一千元还治病的债，她心里对自己说：我得帮助他们渡过难关！她推测昨天老王不愿借钱把责任推到她头上，为了保住老王的面子，同时帮助老罗夫妻俩，她也找个借口——她对老罗说：“昨天，我听说了你跟老王借钱的事，但我手上的钱全拿出进了一批干墨鱼，没钱借。要不这样吧，人家向你逼债，你拿一千块钱的墨鱼去抵债。按进价给你。三十元一斤。”

老罗忙说：“不必了，我再想其他办法。”

老王的女人说：“你不拿墨鱼，说明你对我有看法，往后，你不打算跟老王做朋友？”

老罗和他女人听老王女人这么说，只好借了一千块钱的墨鱼走了。

不久，老王回到铺子，得知女人借了墨鱼给老罗，十分恼火：“你这个大傻瓜，我找了个好借口把老罗借钱的事摆平了，你却借墨鱼给他！墨鱼还不是钱！”

老王女人也十分气愤地冲老王吼：“你在外头充好汉，却把你女人当小人！这回，我偏要借墨鱼给他还债。”

“这个家是我做主，我说不借就不借！”老王气呼呼地走出铺子，径直上老罗家。

老罗夫妻俩正商量怎么变卖墨鱼还债，见老王来了，立即给他倒茶又让座。老王既不坐，也不喝茶，双眼盯着地上一堆墨鱼。他决定把这些墨鱼拎回家，小眼眨几眨，就想好了一个借口，说：“老罗，我女人真不够意思。昨天她不肯借钱，今天她却借给你墨鱼。为啥？因为这墨鱼进价二十五，她给你三十，想从中赚几个钱。你瞧我女人多么有心计。但咱们是朋友，我不能这么做。我想把墨鱼提回家，叫她给你一千块钱，她手上有现金。”

老罗和他女人一时不知咋办才好。

“就这么定了。”老王一手提起墨鱼，一手拍拍胸，“男子汉大丈夫，说借给你现金就借给你现金。跟我去铺子拿现金吧。”

老罗只得跟着老王往干货铺走。半路上，老王站住，回头对老罗说：“老罗，你回去吧，晚上，我亲自把一千块钱现金送到你家里去。”老罗忙说：“老王，这次借钱太麻烦你了，让你跑来跑去的已到我家跑了两趟。我不想让你跑第三趟，还是我自己上你的铺子。”老王见甩不掉老罗，暗想着马上就到铺子了，到时不给现金怎么收场？他的小眼急急转动着。

这时候，前面开来一辆摩托车，当摩托车从他身边一擦而过时，他啊地惨叫一声，倒在地上。

老罗被这意外的车祸惊呆了。街边有一家私人开的医院，老罗慌慌张张将老王抱进医院。几个穿白大褂的医生护士立即将老王围成一圈……

三天后，老王出院了。他的女人扶着他往大门外走。他悄悄问女人：“住院费一共花多少？”女人说：“一千二。”老王大吃一惊：“天哪，这么多！”女人说：“别心疼钱，只要保住了命就好。”老王痛苦地直捶脑袋说：“老婆，我是装的呀。那辆摩托车只是从我身边擦过去，没撞哩！”女人说：“那你为啥昏迷不醒？”老王说：“这几天老罗守在我床边，我不敢睁开眼，我怕他向我借现金。今天，我见他走了，我就出院了。这医院的医生差劲，我是装的他们也没检查出来，天天给我打吊针。”

数日后，老王在大街上又碰到了老罗。他怕老罗又向他借钱，准备回避，老罗却喊住了他，说：“老王，身体没问题吧？”

老王半拐着腿走几步，苦笑着说：“没大问题。老罗，你那一千元债还了吗？”老罗点点头，告诉老王，他的债已经还了。老王嘘口气说：“那天，我出了车祸。不然，我一定借给你现金。后来，你找谁借的钱？”

老罗说：“找你借的。”老王晃晃头：“别开玩笑，我真心实意问你呢！”

老罗说：“真的向你借的。那天，你出了车祸躺在医院里，医生发现你一切正常，就每天只给你吊两瓶葡萄糖水。上次我老婆治病在那家私人医院赊了一千元的账。你女人知道后，就把这账转到你账上一块儿结了。这一千元我打了一张借条放在你女人那里，我下年有钱还给你。”

老王怔怔地立在原地，脸越来越红，像泼了血似的。

搭车的幽默和惊险

我是个女孩子，从小，家里人就把我当男孩子养。现在，我仍理着短发，穿着牛仔服，还喜欢戴一顶鸭舌帽。今年春上，爹病了一场，就这样，我家一辆“五十铃”就成了我的坐骑，我开着它全国各地乱跑。

这天走的是山路，路边人烟稀少，暮霭笼罩时，气象阴森。忽然，前面不远处的路边有个穿红风衣的女人朝我招手。我下意识地踩刹车，车子停在女人身边。我打量着她：见她细眉大眼，化着淡妆，一头鬈发披肩，脖子上系着一条纯白的丝巾，显得漂亮而又高雅。女人说：“师傅，我上广济县城。”我正好要路过那里，就说：“快上车吧！”

女人就拎着一个旅行袋上了驾驶室。她说：“今天真是太感谢你了！我想搭个货车回城，拦了好几次车都没拦上。我姓韩，叫我韩大姐吧，等到了县城，我买包好烟给你抽。”

我瞟了瞟她的红嘴唇儿，半笑着说：“韩大姐，我姓伍，你叫我小伍就好了。你长得这么漂亮，开车的司机为啥不停呢？”我一边说一边故意瞅她高耸的胸部。韩大姐下意识地将手抱在胸前。

天黑下来了，我瞪着眼小心地开着车，忽见路前方有个黑影竖在那里。黑影越来越近，车灯照着个蒙面人，手里拿着一根铁棍。

我踩了一下油门，“五十铃”呼的一声吼，在不平的路上跳跃着。我拼命按响喇叭，蒙面人岿然不动。再不刹车，就会把蒙面人撞个稀巴烂，我猛地踩了一下刹车。蒙面人挥着铁棒跳起来，一铁棒砸在驾驶室车窗上，啪的一声，一块玻璃被砸得粉碎。玻璃碴儿迸了我一身。

韩大姐盯着蒙面人说：“这位大哥，你想搭车吧？想搭车就上来，干吗砸人车子？”

蒙面人说：“老子才不搭车，老子想搞几个钱花。”

我和韩大姐犹豫了一下。冷不防强盗从腰间拔出一把匕首顶在我的鼻尖上说：“再不拿钱，把这鼻子割下来喂山鸡！”我吓出一身冷汗，想着我和韩大姐两个女的无法对付一个持铁棍的强盗。我慢慢从口袋里掏出一个小钱包丢给了强盗。韩大姐也掏出一个钱包给了强盗。我的钱包里只有两百块钱，是准备过桥交费用的，韩大姐的钱包里只有五十块钱。强盗把二百五十块钱攥了攥，吼道：“哄你爷吧，两个人才二百五十块钱，打发乞丐是不是？”他把手插进我腰间口袋里乱摸，又要摸我胸前的一个小口袋。我忙把胸脯顶在方向盘上。强盗见状，一定要摸我胸前的小口袋。韩大姐忙说："大哥，我们都把钱包给你了，你还在人家身上乱搜，太过分了吧？"

"我还要搜你身哩！"强盗说着，丢下我，一只黑手朝韩大姐伸过去。他的手一碰韩大姐的腰，韩大姐猛地扭着腰，咯咯的一声笑。强盗忙把手缩回，惊讶地问："你笑个屁？"韩大姐说："我怕痒嘛！"强盗嘿嘿一笑："你个娘儿们的，手没碰你就怕痒。你丈夫摸你怕不怕痒？"韩大姐说："大哥呀，你摸我和我丈夫摸我，让人感觉不一样。别摸我呵！你手像长了毛，一碰我，我会痒死的。"强盗笑得歪着头："你这个女人说话挺可笑的哩！"

我呆坐在一旁听强盗和韩大姐说笑。驾驶室里的空气变得活跃起来，刚才的紧张气氛没有了，我估计强盗会友好地放我们走。但万万没想到强盗突然止住笑，用匕首顶着韩大姐的下巴说："下车！"

韩大姐一愣："大哥，下车干啥呀？"

"看我痒不痒死你！"强盗用匕首将韩大姐逼到路边山下的一片竹林里。在月光下摇曳的竹影离我只几十步远，听见里面传来了强盗的低吼："快把衣服脱光，今天你们的钱太少了，你让我玩一玩算是补偿。"我一听，头都发麻了，没想到这强盗劫财还劫色呢！我抄起一把铁扳手，准备冲出去救韩大姐，刚把一只脚伸出驾驶室，就听见强盗吼了一声："开车的那个小子，你把脚快缩回去。你敢跑过来，我就杀掉她。"

竹林里传出韩大姐的声音："哎呀，大哥，别说那么凶的话，不就陪你玩玩吗？玩玩就玩玩，别提什么杀人的事。哎，开车的你把脚缩回去，不要过来。”

我只好把脚缩回驾驶室，就听韩大姐在竹林里对强盗说：“大哥，在这黑林子里干那事儿呀？大家把衣服脱光躺在地上，突然爬出一条蛇来……我怕蛇。你不怕蛇？我看咱们到车厢里去吧。”

半晌，听见强盗说：“好，咱们到车厢里去。”

两个人从竹林里走出来，爬上车厢。不一会儿，韩大姐又跳下车厢。强盗低吼：“想跑？”韩大姐说：“谁跑？我去驾驶室拿我的包包。”韩大姐到驾驶室拿她的旅行包时，嘴贴近我耳边悄悄说：“等我上了后面的车厢，你立即发动车，开得越快越好，半路上不要停。离县城只有二十来公里，一会儿就到了，把这个强盗活捉。”

我猛地点了一下头。

韩大姐返身出驾驶室时，我看见强盗握着匕首立在驾驶室门外，咧着嘴：“活捉我？嘿嘿，你们还嫩着呵。开车的小子，你听着，等会儿我们去后车厢，你就开车吧。但车子要开得慢吞吞的，像老婆婆走路那个速度，如果开得快，我就在车上把她杀了。等我干完了事儿喊你停车，你不停车，我也把她杀了！”强盗把韩大姐押回了后车厢，我扭过身从驾驶室后面的一方小孔窥探，朦胧的月光里，强盗亲手脱下韩大姐身上的一件风衣，又准备往下脱，韩大姐扭摆着身子躲闪，同强盗在车厢里周旋，同时，大喊一声：“小伍，开车呵！”

我“呵”了一声，猛地发动马达，狠踩油门，车就像冷不丁被人刺了一剑的战马，猛地冲出去。

风在车窗外拍打着玻璃，我耳边响着呼呼的声音。路两边的小山一个个向车后倒去。这样的车速只要二十多分钟就可到广济县城。而这种车速对强盗来说，跳车意味着找死。我听见强盗大喊道："停车！我要杀人啦！"

我惊出一身冷汗，猛地踩刹车，随之，我整个身子撞在方向盘上，脖子被这剧烈的震荡窝得生痛。车子停下后，我听见后车厢里有两个肉团子在滚动，发出咚咚碰撞的闷响。我扭过头从一方小孔探视，见强盗和韩大姐都倒在车厢里，像被人甩在地上的蛤蟆，做出一副张牙舞爪的姿态。很快，强盗和韩大姐都蠕动着。我听见韩大姐喊："小伍，开车呀！"我立即踩着油门，车子猛跳起来。强盗大喊："停车！我要杀人啦！"我慌张地又猛踩刹车，又听见后车厢里咚咚滚动碰撞的响声。

一路狂奔，我听见强盗三次向我发出"停车"的指令，听见韩大姐四次发出"开车"的命令。后来，他们都不喊了，我担心他们都在车上被剧烈的刹车撞昏了。我握着方向盘死死盯着路前方，车子在飞速地奔跑，翻过一个山坳，豁然开朗。我看见一片如海洋的灯火，广济县城到了。

一进城关，看见两个交警立在红绿灯下站岗。我把车猛地刹住，停在交警面前，跳下驾驶室，对两个交警喊："快救救韩大姐，车厢里有强盗！"两个交警一怔，随即爬上车。我也爬上车，一看，大吃一惊：韩大姐不见了，一个剃着光头的人坐在强盗身上。强盗双手被一条白围巾捆着，嘴里还堵着一双袜子！

两个交警朝光头扑过去。

光头冲交警一笑说：“别误会，我不是强盗，这捆着的才是强盗。”

我惊异地打量着光头：“你是谁？”

光头对我尴尬地一笑：“小伍，我就是那个韩大姐呀。我叫你只开车不要停车，你半途上几次急刹车，我的头撞在车厢的铁皮上，一头好发撞得不见了，把我撞成一个男人了。”我简直不敢相信这是真的，使劲地眨眼睛。光头告诉我，他叫韩东，是县剧团的化妆师，还经常上舞台演滑稽小品，最拿手的是男扮女装。

今天，他去山区一个偏僻的布依族村庄体验生活，回城时搭不上公共汽车，便想搭货车。开货车的司机都没载他。当他看见路边有女人向货车司机招手，司机停下带上了她们时，韩东就赌气地化了个女装。但没想到上了一个不是男司机开的货车，又偏偏碰到劫财劫色的强盗。刚才路上，我猛地几个急刹车掀翻了强盗，韩东趁机夺了强盗的匕首，并用脖子上的围巾捆住强盗的手。他怕强盗再喊“停车”的话，便脱下袜子堵上强盗的嘴。

听完韩东的话，我惊讶之余忍不住咯咯笑弯了腰。

强盗听着我的笑声，愣愣地瞅着我说：“你这开车的小子是个姑娘吧？老子今夜瞎了眼，把男女搞混了，栽在你们手里，真倒霉。”很快，来了一辆警车，把强盗铐走了。

我跟韩东分手的时候，他在车厢里找到了被撞掉的女人假发，一只手拎着它抖了抖，另一只大手拍拍我的鸭舌帽说：“姑娘，我们就此分手，祝你一路平安。”我很是感动。瞅瞅他的光头，看见他的光头上有一大块青肿，我也想说上一句祝愿他的话，想了很多词汇，没一个词能用得上，只好冲着他的背影微笑。

谁做垫背

卫生局陆局长有个远房的表弟马蒙龙在市里一家医院当医生。医院效益不好，马蒙龙每月工资不到千元。

这天上午，陆局长刚进办公室坐下，马蒙龙急匆匆地跑到办公室，红着脸对陆局长说："表兄，我有件事求你！"陆局长一愣："什么事？"马蒙龙说："张院长扣了我这个月的工资。"

陆局长忙问原因，马蒙龙把事情的经过告诉了他。

原来，上个月医院来了个癌症晚期的瘦老头儿，陪伴老人就医的只有一个穿破旧衣裳的青年人，是他的儿子。马蒙龙接待瘦老头儿，并做他的主治医生。瘦老头儿的儿子交的两万元医药费很快花光了，院方催他交钱，小伙子蔫蔫地勾着头，说家里再也拿不出一分钱。那个小伙子求马蒙龙做担保人，说到时想办法把钱还给医院，马蒙龙点头答应了。前天院方一算账，病者欠了医院五千多元。院方又催那瘦老头儿的儿子想办法交钱，那小伙子走后，再也不来了。昨天正是医院发工资的日子，张院长就把马蒙龙的工资全扣了。

马蒙龙对陆局长说："表兄，你帮我想想办法吧。我一个月才七八百元的工资，老婆没工作，儿子在校念书，乡下的老父亲还靠我养。工资扣了，可怎么过呀！"

陆局长呆想了一会儿，准备教训马蒙龙几句，但嘴唇抿了抿，没说出口，只说："问问那个老头儿，看他家到底住在何处，再找那个小子！"

马蒙龙沮丧地说："老人处在昏迷状态，插着氧气管，一句话也说不了。"

陆局长忙问："他还能活多久？"

马蒙龙说："顶多一个礼拜。"

陆局长从椅子上站起，在办公室踱了几圈，一拍马蒙龙的肩膀："我上医院看看再说。"

陆局长的轿车驶到医院门口停下，门旁正站着张院长。张院长看见陆局长和马蒙龙从车里出来，心一紧，暗暗地想：昨天扣了马蒙龙工资，今天，马蒙龙就把他的表兄陆局长请来了！张院长孱头孱脑凑上前，握着陆局长的手说："陆局长，昨天我扣了马蒙龙的工资，这是按医院的规章制度办事。否则，我这院长不好当呵！"

陆局长笑笑："老张呵，你做得对，不以规矩，不能成方圆。我去看看那个老人。"陆局长走进病房，见一个瘦得像骷髅一样的老人仰躺在床上，闭着眼，面色蜡黄无血色，鼻孔上粘着乱七八糟的白胶布，插着氧气管和输液针头。陆局长像看见一个鬼一样感到阴气森森。他只瞥了一眼，立即把目光收回，对张院长说：“那个不孝之子真不像话。鸦有反哺之情，羊有跪乳之义。若将他抓住，一定要送到法院绳之以法！”张院长也气愤地说：“陆局长说得对！”陆局长沉思了一会儿，道：“这老人没一个亲人在身边，甚是可怜。我决定认他为干爹！欠医院的医药费由我来付。”

张院长大吃一惊，忙说：“陆局长，这五千多元医药费由医院报销吧。马蒙龙的工资也不扣了。”

“那怎么行呵，就按我说的办！”陆局长从口袋里掏出手机，拨通，嚷道，“杨柳，我在医院里认了个爹，得了晚期癌症，送一万块钱给他老人家治病！”不一会儿，陆局长夫人杨柳打了一万块钱到医院账上。陆局长吩咐马蒙龙：“表弟，我认的爹就是你表叔。我工作太忙，你在医院里好生照顾他。”又对杨柳说，“你天天到医院看望爹，给他端屎端尿。”杨柳低眉顺眼地点点头。

这事像旋风般在县里传开了。第二天，县报头版头条登了一篇文章：《不孝之子逃之夭夭，陆局长大义认干爹》。

一个礼拜后，得晚期癌症的瘦老头儿在病床上死了。那个逃跑的不孝子仍没来。陆局长忙着给干爹举行葬礼。他对马蒙龙说：“今天我要当孝子，太忙了。你帮忙负责后勤事务，在宾馆定几十桌酒席。另外，参加葬礼的来宾送礼你代我收下，把礼单记清楚。”

全县卫生系统的干部职工很多，陆局长的爹死了，大家都来参加葬礼。一般职工送一百元，手臂上缠着黑纱。干部送几百到几千不等。张院长送一沓。马蒙龙把钱接过来，数了数，五千元。张院长亲眼见马蒙龙把他的名字和五千元写在礼单上后，便举着花圈走了。

马蒙龙数了半上午的钱，一个装钱的皮包塞得鼓鼓的，一共十一万多元。他把写好的礼单撕个粉碎后，背着钱往火葬场跑去。

葬礼已近尾声，有人正准备把那个死老头儿往火化炉里抬。陆局长和杨柳都披着白孝布跪在地上哭："爹呀！爹呀！"马蒙龙奔过来，扑通跪下，哭道："爹呀！爹呀！"陆局长一愣，扭过头盯着马蒙龙，低声吼道："你哭错了！表兄我哭爹，你就得哭表叔！"

马蒙龙哭着说："表兄，你该哭表叔，我才哭爹哩——他是我亲爹呀！"

杨柳抹抹用清凉油辣出的泪水对马蒙龙说："表弟，你别乱扯！"

"真的不乱扯呀！"马蒙龙流着泪说，"表兄表嫂，我那乡下的老爹你们多年未见，瘦成那样子你们认不出来了。他得癌症，我没钱给他治才想打你们的主意。那个逃跑的不孝子是我临时聘来的，当初交的两万元是我借人家的。借了得还，我拿啥还？多亏表兄认表叔为干爹。这下可好了，刚才收了十多万礼钱。你们代我交的一万元医药费等会儿我还给你们。剩下十万全归我。"

陆局长惊讶极了："表弟，你这不是做强盗？"

马蒙龙低声道："表兄，咱们小声点儿，让人听见不好。我怎么是做强盗？我亲爹死了，人家来送礼，礼钱亲儿子不收，还轮到你这干儿子来收不成？咋说我咋有理！要不，上法院也行！”

杨柳气得一蹦，站起身，准备扯下头上的白孝布。陆局长回头一瞥，见背后一片黑压压的人头。殡仪馆里播着哀乐，在哀乐声中，吊孝的人都垂头默哀，显得十分悲哀，肃穆庄严。陆局长用手扯了一下杨柳的衣角，暗示她快跪下。闹起来，让人笑话。杨柳只得忍气重新跪下，小声哼唧道：“哎呀！哎呀……”

陆局长小声叽咕：“哎呀！哎呀……”

马蒙龙小声哭：“爹呀！爹呀！你担心儿给你治病欠债，但世上没有过不去的桥，还赚了一大笔！”殡仪馆台上站着的一个主持葬礼的人看着面前死老头儿一张苍白的脸，挥着大手道：“老人，你亲生的不孝儿子逃跑了，但是，你面前却跪着两个孝子和一个孝顺的儿媳。还有很多很多不知道你姓名的人来给你吊孝。如果你在天有灵，应该感到无比幸福。你安息吧！”

老头儿的尸体被推进火化炉，化作一股烟直上九霄，凝结成一朵蘑菇云。蘑菇云在上空飘来荡去，像是很不愿意安息。

泉水宴席

无论走到哪里，割不断的是乡情，成就你的是乡亲。因为有情，乡亲们的泉水宴席和城里的豪门盛筵相比，水永远比酒浓。

1.谁醉谁往家里爬

范家垸是个穷山村，几十户人家散落在一个山坳里。别小看这个村庄，自从恢复高考后，从村里走出去不少能人。出国留学的、当教授的、做国家干部的……一共十多人。那些有出息的人都住在城里，娶妻生子，变成“城里人”，好些年不回家乡。

村上有个叫范岩鹏的人，二十多年前考上了大学，是村里第一个大学生。范岩鹏大学毕业后，分到县城机关工作，没几年，就当上了局长。范岩鹏的父母早死了，每年清明节，他都坐着轿车到父母坟前，烧一把纸，随后就赶回县城。若是被乡亲看见了，喊他回村上坐坐，喝碗茶，范岩鹏立即拍拍屁股，说忙啊，然后钻进小车里走了。村上的乡亲不忙，每年有十来次请他回乡下吃喜席，请柬由他的老邻居范山杠老汉送到他家。

论起辈分来，山杠老汉是范岩鹏的爷爷辈。第一次下请柬时，山杠老汉揣着大红请柬到县城找范岩鹏。范岩鹏皱眉，觉得爹娘已不在人世，自己和妻儿都是城市户口，他不想跟家乡人来往了，便推辞说："山杠爷爷，我工作太忙，没时间回村送礼吃席。"

山杠老汉说："你没时间吃席，席俺代你吃，可礼你得送，不多，送十块钱吧。"十块钱只够范岩鹏抽半包烟的，他一听，忙掏出十块钱，打发山杠老汉上路。此后，便成了规矩。

山杠老汉进县城把红请柬换回十元钱，记到办喜事人家的礼金单上。人家接了范岩鹏的礼金，问山杠老汉："岩鹏不回来吃席吗？"山杠老汉帮范岩鹏打圆场："他想回来哩，就是工作太忙了。席俺代吃。"实际上，山杠老汉自己也送了一份礼，他吃席是吃自己的，只是在吃席时，多喝几杯酒。酒席上，常有晚辈给他敬酒，敬了他之后，又端起杯子，说："这一杯敬岩鹏局长。"山杠老汉嗯一声，端起酒杯："这杯酒，岩鹏局长喝了！"说完，仰起脖子，一饮而尽。大家见状，乐了，又有人端着酒来到山杠老汉面前说："再敬岩鹏局长。"山杠老汉又代岩鹏喝，一杯接一杯。

每次酒席散后，山杠老汉都跌跌撞撞地扶着村巷的墙往家走。有一次，山杠老汉摔倒了，往家爬着。村人见了，忙赶过去，说："山杠爷，你喝醉了！"山杠老汉说："你山杠爷没喝醉，是岩鹏局长喝醉了！"村人忙扶他，山杠老汉不让人扶，硬要往家里爬。村人急了，说：“山杠爷，你醉啦！往家爬，还说没醉！”山杠老汉说：“你山杠爷才不往家爬，是岩鹏局长往家爬。要是他晓得回家就好喽——”

2.乡亲们要喝你家喜酒

世事如棋。今年，范岩鹏的儿子考上了重点大学，这消息像一阵风传到了范家垸。村里人都喜气洋洋的，说咱村里又出大学生了，要送礼喝喜酒。

这一天，范岩鹏正在家里写请柬，门铃响了。开门一瞧，见山杠老汉立在门外，他以为家乡也有孩子考上大学来下请柬，忙将山杠老汉迎进屋，然后习惯性地从口袋里掏出十块钱。

山杠老汉见状，晃晃头，咧着嘴笑：“岩鹏呀，俺今日来不是给你下请柬的。村上的乡亲都知道你家孩子考上大学了，高兴得不得了，想喝你家的喜酒哩！”

范岩鹏犹豫了一下：他可没打算请家乡人，他家办喜酒可不是乡下那个水平。他准备在县城最高档的南洋花园大酒店里办，如果请乡亲来这里喝酒，每人送十块钱，岂不亏死了！于是，他满脸堆笑，说：“山杠爷，我在城里一家大酒店办喜酒。”

山杠老汉一听，喜上眉梢，手猛地一拍腿：“好哇，你就请乡亲进城来喝喜酒，大伙儿还从没在城里高级酒店吃过席哩！这下好啦，乡亲们托你的福，开开洋荤啊！”

范岩鹏听山杠老汉这么说，知道他完全误解了自己。怎么办？直说吧，显得自己太小气；可不说吧又……

山杠老汉见他还在犹豫，火了：“瞧你个男子汉，还不如女人！女人出嫁了，一生记得娘家！俺就把你当个女人，嫁到这城里来了，你家里有了喜事，能不请娘家人来热闹热闹？乡亲又不是来吃白席，多少送些礼呀！”

范岩鹏被山杠老汉训得面红耳赤，他狠狠心，咬咬牙，叫山杠老汉把村上各家户主的名字报给他。几天后，范岩鹏坐着小轿车回到范家垸，让山杠老汉引着，挨家挨户送请柬。

村上的男人出门打工去了，接请柬的大都是老人和媳妇们，乡亲们接到请柬，高兴极了。识字的小媳妇们打开请柬，笑弯了腰：村上出息人下的请柬就是跟一般乡下的不一样，里面的字不是写的，是电脑打印的，称她们的男人为“先生”，称她们为“夫人”！

这天中午十二点，南洋花园大酒店的大厅里热闹非常。范岩鹏请了四十桌酒席，客人形形色色。范岩鹏怕客人坐乱了，别出心裁地在餐桌上放了“领导嘉宾席”“单位职工嘉宾席”“朋友嘉宾席”“亲戚嘉宾席”和“乡亲嘉宾席”等牌子。很快，大家都找到了自己的位置，围桌而坐。可是，餐厅边摆着“乡亲嘉宾席”的七张桌子一直空空如也。

范岩鹏满腹狐疑，请柬上明明写着今天中午十二点准时开席，咋就不见一个乡亲来？是不是找不到地儿？又等了一会儿，酒楼的服务员问范岩鹏可不可以上菜。范岩鹏担心领导饿了，准备宣布开席。有个领导望了望七张空桌子，说：“你的乡亲席上都空着，等一会儿吧。”

又等了一会儿，仍不见来，范岩鹏暗想，如果今天乡亲都不来，说不定县上的领导会生出什么其他想法。他急忙来到酒店门外张望，终于看见一群穿得漂漂亮亮的小媳妇儿往这边匆匆走来。因下请柬时见过一面，范岩鹏觉得面熟，忙招呼着："快一点儿，都等着你们呢，别的人呢？"

小媳妇们边走边叽叽喳喳："只来十个人。"范岩鹏问："只来十个？山杠爷叫我准备七桌……山杠爷也没来？"一个穿着绿裙子的小媳妇快嘴快舌地说："山杠爷今天来不了，在乡下忙。他叫你把七桌乡亲席撤下六桌，我们十个小媳妇是进城的吃席代表！"

3.请站起来双手举杯

绿裙小媳妇手上拿着一大把钱，都是十元二十元面额的。她把钱往范岩鹏手里一塞，说："这是乡亲们送的礼金，一共两千块。"范岩鹏一愣，看来乡亲们亏不了他，送两千块，只来一桌代表，还有得赚！他接过钱，招呼十个吃席代表赶快入座。

十个代表围坐在一张桌上。第一道菜是"全家福"，她们眨巴着眼儿瞧："这菜真好看！""全家福"是一个大盘子装着，盘子四周用芹菜和胡萝卜镶着红绿花边，乡下的酒席可没这套花拳绣腿。她们欣赏了一下，然后从口袋里掏出一个塑料袋，放在大腿上，眼疾手快地将"全家福"夹到袋子里。再上一道菜，她们又往袋里夹。这举动被其他宾客发现了，都忍不住窃笑。

范岩鹏正忙着给客人敬酒，发现客人都把目光移向乡亲嘉宾席，他仔细一瞧，明白了。刚开席，打什么包啊？太没品位了！范岩鹏决定阻止乡亲继续丢人现眼。他端着一杯酒走过来，见那些小媳妇都比自己年纪小，笑着说："我来敬杯酒，大家都站起来，不管是酒还是饮料，大家站着共同干一杯！"

小媳妇们脸都红了，要是站着干杯，大腿上的塑料袋不就滚到地上了吗？大家正愣着，绿裙小媳妇站了起来，一只手放在桌底下，一只手端饮料杯，说："我代大家跟你干一杯！"

范岩鹏瞅着她藏在桌下的一只手，便双手捧着酒杯，说："我双手举杯，你也双手举杯吧。"

绿裙小媳妇仍一只手端着杯子，说："我一只手就行了，你得双手。"

这时候，很多宾客都停下筷子瞧热闹，大家看见绿裙小媳妇一只手拎着个打包的袋子，纷纷起哄："范局长双手端杯，你一个小媳妇一只手端杯，没道理。"绿裙小媳妇眨眨眼，说："道理简单得很，我是范局长的婶娘！还要婶娘双手端杯跟侄儿喝酒吗？"

范岩鹏一愣，红着脸结巴起来："我是你侄……侄儿？你是我婶娘？"

绿裙小媳妇胆儿大，把手里的杯子放下，竟跟范岩鹏大大咧咧地叙了起来。她是范山杠老汉的侄媳妇，她称山杠老汉为叔，范岩鹏称山杠老汉为爷爷，按辈分叙，她就是范岩鹏的婶娘。宾客听这么一说，哄堂大笑："哎呀，范局长，你这个做侄儿的还不认识乡下的婶娘啊？"绿裙小媳妇一撇嘴："我这大侄儿哪认识小婶娘呢！我嫁到范家垸五年了，还是前几天才见他回老家下请柬……”

范岩鹏猛听这话，出了一身冷汗，说话咋这么没水平呢！平时不回老家，请客就回去下请柬，让人听了，不明白的还以为他贪财呢！他连使眼色，双手端起酒杯，说：“小婶娘，别说了，算我这个大侄儿失礼，有眼不识泰山，我干了这杯……”说着，咕咚一声喝了下去。绿裙小媳妇见他向自己使眼色，又猛地喝酒，寻思是不是刚才说的话给他惹麻烦了？范家垸的人把家乡出息的人都看重！她不禁一颤，桌下的一个袋子掉了下来。她见范岩鹏喝完酒后，双手捧着空杯子对着她，一动不动，忙双手端起杯子，把饮料喝了。

范岩鹏又给自己倒了一杯酒，再敬别的小媳妇，问：“我还是谁的侄儿？”小媳妇们都红着脸摇头，她们都是弟媳辈分呢。范岩鹏双手捧着酒，满脸严肃，说：“各位弟媳，今天，大哥双手捧杯给你们敬一杯！我是哥，站着先喝！”那班乡村媳妇被范岩鹏的样子镇住了，纷纷站起来，双手端着饮料杯子。喝完坐下后，她们再看自己的打包袋儿，都乱七八糟地躺在桌底下，露馅儿了。

城里的宾客们哄堂大笑，心想当局长的范岩鹏还是有两下子，把乡下打包的小媳妇们都摆平了。大家意犹未尽地举筷吃席，脸上挂着一丝莫名其妙的笑，边吃边看那十个小媳妇。她们这会儿变得像十只丑小鸭，坐在那里一言不发，味同嚼蜡地低头吃席。

绿裙小媳妇慢慢地把目光移向窗外，眼里转动着泪水。她坐在一扇玻璃窗边，悄悄把窗户推开，一只手伸出窗外，像是透风儿，又像是向外面挥手。

4.泉水宴席

天下没有不散的筵席，宾客们纷纷离席，十个小媳妇也从桌边站起身，往酒店外走。

范岩鹏站在酒店门口送客，把十个小媳妇拦住了。等客人走完后，他吩咐酒店的服务员拿来十个大塑料袋，将那几十桌酒席的残菜打包，要小媳妇们带回村上。小媳妇们一个劲儿地摇头，说："不要，不要……"

范岩鹏笑着："别不好意思。往后在城里大酒店吃席，该打包的时候打包，不该打包的时候千万莫打包，做事要讲个火候，省得城里人笑咱乡下人没见识，懂吗？"小媳妇们哪懂得这些，反正就是不打包。范岩鹏就叫酒店的小姐帮忙，将打的包拎到酒店门外的一辆面包车上，又叫小媳妇们上车。他要亲自开车，将十个小媳妇和十个残菜包送到穷家乡去。一路上，他暗想，往后家里再办酒席，一定不请乡亲，今天太丢他的脸了。

面包车走在山间公路上，马上就要进范家坃了。范岩鹏看见路边山脚下的一个泉水沟里围着一大堆人，不知道在干啥。他把车停下望了望。

绿裙小媳妇也把头伸出车窗，喊道："山杠爷！山杠爷！"

泉水沟旁的山杠老汉抬起头来，朝公路上的面包车望了望，见村上的媳妇都把头伸出车窗外，说：“你们还有钱坐车回来？”

车上的小媳妇们打开车门，都跑下了车。范岩鹏随即下了车，走到山泉沟边，看见山杠老汉和几十个乡亲都趴在水沟边喝泉水。范岩鹏十分诧异：“山杠爷，咋带着大伙儿在这儿喝泉水？今天我家办喜酒你不去喝……”

山杠老汉一笑，用手抹了一下胡子上晶亮的水珠，说：“哪是不去喝，这事儿都怪俺和乡亲没见识……”

今天上午，山杠老汉带着村上的六七十人，高高兴兴地往县城走，每个人口袋里装了三十块钱礼金。出门之前，大伙儿都商量着送多少礼，他们进城里大酒店吃席，都是大姑娘上轿头一回。乡下的酒席一两百元就可以办下，城里的酒席肯定贵些，估计咋贵也不会超过三百元一桌。他们进了县城，不知南洋花园大酒店在哪儿，便向街头一个补鞋匠打听。补鞋匠得知一大群乡下人进城来吃席，顺便告诉他们，前几天，他的一个城里亲戚的儿子考上大学，也在那家大酒店办的，那酒店每桌席六百元，外加烟酒饮料，一桌酒席要八百元。所以，去酒店吃席，最少要送八十元，不然的话，请客人家就亏了。山杠老汉和乡亲一听，怔得立在街头不动弹了。他们来了七桌人，七八五千六啊！五千六是一个孩子上大学一年的学费啊！大家抬头望望天，太阳当顶，赶回去拿钱肯定是来不及了。最后，山杠老汉叫乡亲们把口袋里的钱都掏出来，正好凑了两千块钱，挑了十个小媳妇去当吃席的代表，还吩咐小媳妇们吃席时想办法打包。这一来嘛，让乡亲们都能尝一尝城里大酒店酒席的味道；二来，大家身上的钱都掏空了，没钱买东西吃，吃点儿菜好有力气走二十里路回村……

范岩鹏心里猛地一震，不禁想哭。他把目光移向绿裙小媳妇，责怪地说："小婶娘，你当时咋不说清楚呀？"

绿裙小媳妇说："咋说呀，山杠爷和乡亲们都叮嘱了，不让你知道，怕把你孩子上学的学费给吃了。你是个拿工资的干部，又不是做大生意的。"

山杠老汉乐呵呵地笑："岩鹏呵，不要怪你小婶娘。开席后，乡亲们站在窗边都看到了，看到孩子金榜题名的场面，乡亲们都乐得合不拢嘴，又有子孙出息啦！你小子真义气，双手端杯给你的小婶娘和弟媳妇们敬酒。当时俺真高兴，只担心打包……果然，一会儿，你小婶娘朝窗外招手，俺就明白了，赶紧带着乡亲往家赶。刚才大伙儿走到这里，饿得没力气，就吃了个泉水宴席……"范岩鹏愧疚地低下头，声音哽咽道："山杠爷，我……"

山杠老汉拍拍他的肩，收住笑容，语重心长地说："岩鹏呀，你出息了，这些年，我常常上城里打搅你，给你下请柬，这是村上老人定的规矩。只要谁家有了喜事，就给你下请柬，还给在省城当处长的下请柬，给北京当教授和作家的下请柬，给在国外做博士的下请柬。柬子下到家中老父老母手里，由老父老母打电话通知，叫他们专门汇十元钱回家送礼。乡亲们不是图那十元钱，也不是故意打搅你们，只想你们这些有出息、在外干大事业的人记住自己的根，你们是从这儿走出去的……"

范岩鹏抬起头，顺着山杠老汉的手，凝望那山坳里散落着的一间间低矮的石墙屋、村头巨大的香樟树和山坡上一座座祖宗的坟……

山杠老汉带着乡亲们从泉水沟边走上山间公路，他们不让范岩鹏用车送，小面包车也装不下这么多人。范岩鹏瞟了一眼车里的十个黑塑料袋，那些袋子被坑坑洼洼的山路颠破了，流出汤汁，露出鸡爪鸭嘴。范岩鹏狠狠掴了自己一耳光。他久久地站在公路上，望着那十个小媳妇搀扶着饿得东倒西歪的老人，不禁泪流满面。他决定明天从城里买上新鲜的鱼肉，带上妻儿，回村里办几桌酒席，请一请进城吃席却喝一肚子山泉水回家的乡亲……

幸福的手指

1.吴爷缺啥

吴爷是个幽默而淡泊的老人，留着长长的山羊胡子，整日笑眯眯的。

他的儿孙很争气，都是局长。吴爷和儿孙们住在老正小街几间宽敞的老宅里，晚年很幸福。他天天坐在家门边，遇上有人拎着礼物上门，他总是笑着朝来人摆摆手，说："都拎回去，俺啥都不缺！"

送礼的人看到吴爷右手食指缺半截，说吴爷您真的啥都不缺吗？吴爷察觉到送礼人质疑的目光，不好意思地一笑："嗯，俺缺半根手指头。"接着，吴爷谈起了半截手指头的故事。说起来，这是解放前的事儿：吴爷为了养家糊口，在一家洋人办的工厂做工，每天劳动十六个小时，累极了。有一天，他站在机器旁打盹儿，一不小心，手指头卷进了机器旋转的齿轮里。从此，吴爷的十指就不全了，这倒是个遗憾的事儿。

夏天的傍晚，吴爷坐在家门边摇着蒲葵扇纳凉，耳听门前梧桐树上的蝉鸣，口哼京剧段子，悠闲极了。这时，一个叫柴大西的人急匆匆地走进门，手里捧个小纸包儿，兴奋地说："吴爷，今日送您个好东西！"

吴爷不屑地瞟了一眼柴大西手里的小纸包，笑着说："啥好东西，是根金条吧？"柴大西摇摇头。吴爷又猜，"是根长白山的千年老参？"柴大西仍摇着头，请吴爷再猜。

吴爷收住笑，暗想：这柴大西滑头哩，他在城里开了个名为"应急典当行"的店铺，旧社会叫当铺。可他开当铺总是"一不小心"让小偷将偷来的手机、摩托车送进了应急典当行。小偷犯事被拿住了，柴大西就跟着倒霉。吴爷的儿子是工商局局长，要吊销他的营业执照。吴爷的孙子是公安局局长，要处罚他。所以，柴大西常来吴爷家串门，混得几乎像吴爷的孙子。柴大西每次来都带着礼物，可全让吴爷挡了回去。眼下，吴爷瞅着柴大西手里的小纸包，猜了好几回都没猜着，便摆摆手，说："不管是个啥礼物，俺都不缺。"柴大西一笑，说："吴爷，您缺的呀！"说着，兴奋地打开纸包，露出一根带血的手指。

吴爷脸色大变，凑上前仔细一瞧，没错，是根手指！他目光移向柴大西脸上，惊诧地盯着他，说："你从哪儿弄来一根人手指？"

柴大西咧嘴一笑，说："吴爷，我可没干违法的事。这是老天长了眼，知道您老人家缺根手指，特托我送给您呢！"

吴爷立即追问手指的来历。据柴大西说，事情是这样的：今天上午，柴大西的典当行突然风风火火地走进一个二十多岁的年轻人，看模样，听口音，是外地乡下人。乡下人满头大汗，跟柴大西说：“老板，我急着要一千块钱，您给我一千块钱吧，到时我双倍还您！”柴大西见生意来了，忙问乡下人拿什么东西当。哪知乡下人摇着头说没东西可当。柴大西见没东西当，不给他钱。乡下人急得直搓手。柴大西看他不停地搓手，半开玩笑地说：“如果手指像机器零件一样能取下来当就好了。”乡下人怔了怔，看了看手指，呼吸粗重地说：“您要我当手指？行，我愿当根手指！”柴大西以为乡下人开玩笑，也开了一句玩笑，说：“行啊，你放根指头典当，我给你一千块钱。你赎当时，只要本，不要利。”乡下人听罢，立即转身出门。不一会儿，他又来典当行，将自己左手一根食指整个儿砍了下来，捧在手里。柴大西见状，大吃一惊。乡下人把手指放在柜台上，疼得脸乌青，嘴哆嗦着，叫柴大西给他一千块钱，四个小时后，他拿钱来赎手指。柴大西惊慌地给了他一千块钱。

四个小时过去了，乡下人并没回来赎手指。柴大西想到乡下人要钱的猴急样，估计他不会回来了，于是就将这根手指送来，孝敬吴爷。

吴爷呆呆地看着手指头，还是根食指。他瞧瞧自己右手的秃指桩，问柴大西，说：“指头能接在俺这指桩上吗？”柴大西说：“当然可以，不然，我送给吴爷干吗？吴爷，再过几个小时，这指头就坏了。您快收下，上医院接上吧！”

吴爷嗯了一声，双手发抖，接过手指。吴爷不知是兴奋，还是咋的，老泪流了出来，叹了一声：“手指啊——”

这当口，吴爷的儿子孙子儿媳孙媳都下班回家了，见吴爷手上捧着一根血糊糊的手指，顿时闹成一锅粥。穿警服的孙子决定把手指送到公安局备案，并要带走柴大西。吴爷紧紧捧着那根断手指，大吼一声：“都别闹，这手指俺收下啦。快送俺到医院去，把手指给俺接上！”

吴爷在家里像个太上皇，发下话来，儿孙都不敢违抗，只得用车将吴爷送往医院接手指。大家心里都犯起了嘀咕：老人糊涂啦？平常不许家人收别人送的一条烟一瓶酒，今日，他居然收下别人送的一根人手指！

2.幸福手指

吴爷捧着手指来到医院后，医生先给断指做了一番检查，发现肌肉细胞全是活的，而且，这指头的血型还跟吴爷的血型对上了号，都是A型血。医生只要把吴爷的那根断桩再截下一点儿，露出鲜活的血肉和骨头，就可以跟柴大西送的那根手指接合在一起了。

医生瞧了瞧吴爷的断指桩，又看了看那根完整的三节断手指，决定把它锯下一节，将两节接在吴爷的断指桩上，这样，吴爷的右手便有了一根完美的食指。可谁也没想到吴爷不同意把那根断手指锯掉一节。吴爷的儿子说：“爸，你的右手食指还有一节，不可能把别人的一根手指全接在上面吧？”吴爷幽默地一笑，说：“全接上去。这是柴大西送给俺的礼物，人家送的礼物要么不收，要收就全收下。你见过人家收礼时收一半丢一半吗？见过人家收瓶酒喝一半倒一半吗？没有吧？”

没办法，吴爷的孙子只好对医生说：“要不，把我爷爷那指桩儿锯干净，再把这根手指全接上去。”吴爷一听，立即骂了起来：“好你个孙子，居然叫医生把爷爷的指头桩锯掉，你忍心啊？都不锯，接着就是！”

吴爷的儿孙拿吴爷没办法，只得悄悄嘀咕着：真的老糊涂了，随他去吧，到时接出来的手指一定是个畸形的，看他害羞后悔不！

吴爷出院后，大家发现他的右手食指是四节指，比中指还要长半节，真是个畸形手指，难看死了。但吴爷挺喜欢，他每天闲坐家中，从早到晚抚摸着四节食指，看那看那，像永远看不够似的。洗脸时，他要给那根手指好好洗一洗。天热时，吴爷打扇子，要专门给那根手指扇凉风。那根手指接在吴爷手上，幸福极啦！

柴大西比以前更爱来吴爷家串门了，他看着吴爷的幸福手指，像个功臣似的笑。吴爷有一次关心地问柴大西：“那个当手指的年轻人找过你吗？”柴大西摇着头，叫吴爷放心，那个当手指的人没来找过他，一定是穷疯了的人。吴爷说：“如果你看到他，一定把他带到俺家来，俺很想问问他，为啥把手指砍下当了。”

当手指的人好像消失了，好长时间没来应急典当行。倒是有几个小偷来光顾典当行，将偷来的手机和摩托车放进典当行里，拿些钱就走。不久，柴大西出事了，被警察带到公安局。柴大西不怕，倚仗着他送了吴爷一根手指，嚷着要见公安局长。吴爷的孙子跟柴大西见面了。柴大西对吴爷的孙子说：“吴局长，手指下留点儿情。”他把“手指”二字咬得特别响。吴爷的孙子一听就明白了，抱怨吴爷不该收下柴大西送的手指。

吴爷得知柴大西又做了违法的事，瞪大眼睛吼孙子：“你依法办他嘛！这跟我收手指有啥屁关系？”并说柴大西当的是人手指，手指没人赎，就坏了，比不得烟酒和人民币。得，柴大西的手指算是白送了。

这一回，柴大西被拘留了半个月，还被罚了几千块钱。他从看守所里放出来后，气呼呼的，暗想送了一根手指给吴爷，吴爷还叫当公安局长的孙子依法办他，真是太没人情味儿了！

转眼间，到了这年冬天，天下着大雪，街边的梧桐树落尽了叶子，穿上了银装。柴大西坐在典当行里闲着，望着门外街上的飞雪和行人。这时，一个穿着雨衣的人走进门来，他一只手揭开头上沾着雪的雨衣帽子。柴大西看那揭雨衣帽的手只有四根指头，不禁一怔。

年轻的乡下人露出头脸，拍打了几下身上的雪花，说：“老板，还认识我吗？”柴大西忙点头，眼前就是夏天来当手指的人。

当指人从口袋里摸出一沓钱，放在柜台上，说：“您数数吧，这是一千块钱。”

柴大西暗想这人是来赎当的，一时没数钱。当指人瞅了瞅柴大西，把雨衣帽往头上一扣，说：“钱给你了，我走啦。”柴大西十分惊讶，说：“你不是来赎当的吗？”当指人苦笑了一下，说：“我是来还钱给你的，赎什么当啊。手指早就坏了，你一定把它丢了。”说着，转身准备走。

此刻，柴大西心里翻江倒海起来。这个年轻的乡下人对自己的手指太随便了，他不赎手指，却来还他钱，这当指人真是个仗义人！他又想着那个没人情味儿的吴爷，气恨不已，说道：“小伙子，慢，你那根手指还在呢！”

当指人立即转过身，半信半疑地瞅着柴大西，说：“我的手指还在？在哪儿？”

柴大西冷冷一笑，发狠地说：“我把你的那根手指接在一只老狗的脚上了。”然后柴大西将近来发生的事情说给了当指人听。

当指人满脸通红，看样子，他很在意他的手指。听了柴大西的话，他霍地跳起来，一把揪住柴大西，猛地一摔。只听嗵的一声闷响，柴大西四仰八叉地倒在地上。当指人一脚踩在他的胸部，吼道：“我没钱来赎当，你把手指丢了就行了，为啥那样做？你太没人味儿了！带我去，我要把我的那根手指砍下来！”

3.做人之味

柴大西带着当指人往老正小街走，一路上心怀鬼胎，暗想着要是当指人真的能从吴爷手上砍下手指，就解了他的心头之恨了。快走近吴爷的住宅时，柴大西看见吴爷坐在家门边，欣赏着一街雪景。柴大西指了指吴爷，说：“我就不去了，你跟那个白胡子老头儿要手指吧。”

当指人走进吴爷家，一进门，四下张望，看吴爷家有没有狗。

吴爷穿着一件皮大衣，冬天，他喜欢把双手笼在大衣袖子里，手暖和着哩。吴爷见家里突然来了个年轻人，还东张西望的，便说：“年轻人，你找谁呀？”当指人没找到狗，就走到吴爷面前，见老人一脸慈祥和善，便压着心头的火气，说：“老大爷，俺是来找手指的。”吴爷一愣，打量着当指人，见他左手只有四根指头，忙问：“你就是夏天到应急典当行当手指的人？”当指人默默点头。吴爷仍把手笼在袖子里，久久地看着当指人，训道：“年轻人，手指是爹娘给的，是爹娘身上的骨肉，爹娘给你十根手指，是让你在世上劳动的。你为何忍心砍下手指放在当铺里？那区区一千块钱顶得上一根手指？是赌博输了钱吗？哼，你简直把手看得像狗爪子那么贱！”

当指人眼里流出泪水，告诉吴爷，他叫石山娃，今年春天，他带着新婚不久的妻子来这个城市打工，只想挣钱还结婚欠下的一笔债。

那天，他在一家工地脚手架上贴外墙瓷砖，妻子给他打下手，没想到妻子从脚手架上掉了下来，摔得血肉模糊。包工头把他的工钱算了一下，给了他五千块钱。他拿着五千块钱将妻子送往附近一家小医院，钱交了后，妻子进了手术室。不久，一个医生跑出手术室，说他妻子要输血，小医院没血库，医生给他开了张条子，叫他拿着条子快去另一家大医院提四百毫升的B型血。那家大医院要现钱买血，石山娃打电话给包工头，包工头听说石山娃又要钱，立即把手机关了。

石山娃一下急糊涂了，眼看着妻子等着输血，他自己抽血又跟妻子的血对不上型号，一时急得在街上乱跑乱撞，到处都是陌生人，谁也不会给他钱。他路过应急典当行，看见“应急”两字，就进去了……

“老大爷，”石山娃说着，抹了一下泪，脸上露出笑，说，“我当了一根指头，救了我妻子一条命。”

吴爷听着石山娃一番话，呆了半晌，说：“娃子，俺没想到……刚才爷爷错怪你了。好娃子，你瞧，这是什么？”吴爷的一只右手从大衣袖里抽出来，举着，一根四节食指顽皮地勾动着。吴爷一脸童真，咧着没门牙的嘴，说：“你还认得你的老战友吗？”

石山娃怔怔地看着吴爷那根动着的四节食指，认出了接在一截老指桩上的年轻指头。他想着柴大西说的话，莫非柴大西骂的就是这位老大爷？他惊讶得一时大脑转不过弯来。

吴爷说：“娃子，你不认识你的老战友了吗？哈哈，那天，柴大西从典当行来俺家，把这指头当成礼物送给俺，俺就收下了这份特殊的礼物。可这礼物不好保存，俺便把这根手指一点儿不少地接在俺这把老骨头上，瞧，你的手指在俺手上活得挺好的哩。俺天天盼你来取，今天，你终于来啦，咱爷孙俩这就一块儿上医院。”

石山娃听了吴爷的话，慢慢向门外退，说：“老大爷，我知道手指接在您老人家手上，心里就舒服了。您留着吧，我走了。”

吴爷见石山娃要走，说："娃子，缺手指的人才知道手指的重要。爷爷在解放前掉了一根手指，知道劳动的人是不能缺手指的。爷爷黄土盖到脖子了，还贪恋你年轻人的手指？俺要把手指还给你。"

石山娃眼眶里转着泪，觉得那根手指是吴爷救活的，就归了他吧。这么一想，掉头出门。吴爷忙站起身，拿起一把刀，将接上去的手指一刀砍了下来。他踉跄地追出门外，喊着："好娃子，你不要你的手指，我还能给谁呀？"说着，一头栽倒在雪地里。

这年冬天，吴爷死了，享年八十五岁。在去火葬场的路上，很多市民立在街道边，为老人默默送行。石山娃泪流满面，用一双不缺指头的手举着一个花圈。吴爷的儿孙和柴大西都跟在灵车后，痛哭流涕，他们都明白了老人当初为啥收下手指。吴爷躺在一辆灵车上，冰天雪地里，脸上露出幸福的微笑……

秧歌咚咚

蒋鸿乐这一生，有很多女人迷他，可他心里只有一个情人。不过几十年来，他跟情人从未有过肌肤之亲。为什么呢？他的老婆太厉害。

老婆是他在乡下跳秧歌舞时认识的，那时，全公社秧歌舞跳得最好的就是他俩。结为伉俪后，人称“秧歌夫妻”。后来，蒋鸿乐从乡下调到县文化馆，成了个吃皇粮的国家干部，而他的秧歌妻尽管会跳秧歌，却是斗大的字不识一个，还得留在乡下，于是这对“秧歌夫妻”之间就有了“城乡差别”。

蒋鸿乐长得一表人才，诗琴书画也都通一点儿，又能打鼓，又懂音乐指挥，天生一个风流人物。有一次指挥着几百人的秧歌舞，他在台上击鼓咚咚，最后一个收势时，很有风度地甩了一下头发，让秧歌队里一个叫叶红的秧歌女眼睛发亮，晕乎乎的，发誓此生非蒋鸿乐不嫁！

叶红是县城里的小学教师，长得很漂亮。她给蒋鸿乐写了信，大胆地表达了爱意。蒋鸿乐也动了心，想让乡下的秧歌妻下堂。然而一天早上，蒋鸿乐刚打开房门，就吃了一惊：秧歌妻带着两儿一女站在门口。孩子最大的九岁，最小的三岁。秧歌妻像跳秧歌似的朝孩子们一挥左手，孩子们喊：“打倒陈世美！”一挥右手，孩子们喊：“舍得一身剐，敢把陈世美拉下马！”……

弹指一挥间，蒋鸿乐老了，退休了。他那几个田鼠崽都长大成人，成了家，立了业。秧歌妻从乡下来到县城，做了个家庭妇女。她在乡下做农活儿，长年风吹日晒，进城后，跟城里女人一比，显得很老。而蒋鸿乐仍一头乌发，梳得光溜溜的，潇洒不减当年。有一回，他领着秧歌妻上街，有人跟蒋鸿乐打招呼，说：“蒋老师，你老娘从乡下来啦？”从此，蒋鸿乐再不带秧歌妻上街了，让她天天待在家里做家务，穿一身黑衣裳，真像个老娘似的。

这一天，蒋鸿乐独自走在街上，突然觉得高楼都在转动，街道也转动。地震了？他这么想着，就往街上一倒，人事不知。等他第二天醒过来，发现自己躺在医院里，吊着针。秧歌妻坐在床边，眼睛红肿。蒋鸿乐想问她出什么事了，可是嘴巴动了半天，怎么也说不成一句话。

蒋鸿乐中风了，右脸歪斜，右手不能动，右腿瘫痪。

半年之后，蒋鸿乐在家里扶墙靠壁，一瘸一拐地学走路。右手没恢复好，总是秧歌妻帮他穿衣洗脸喂饭。他心烦，经常发火、摔碗筷。秧歌妻见秧歌夫的头发一天天变白脱落，心疼得直掉泪，想扶秧歌夫上街散散步，蒋鸿乐一拉脸：“人变成瘸子，走没个走相，还散步？有辱斯文！”他像只蜗牛，天天窝在一把藤椅上。见家里墙上挂的二胡，想拉，拉不了，想写字也写不了，真难受！

一天黄昏，他坐在书房里，回想着自己的一生，眼前蒙眬地闪出叶红的身影，又闪出他和秧歌妻当年在公社跳秧歌的情景。他慢慢用左手提笔，在纸上歪歪斜斜地写了一行字：“红颜知己常是梦，咚咚秧歌伴一生！”

写毕，他把头歪在椅子靠背上，打起了呼噜。睡梦中，忽听得耳边传来“咚咚咚”的鼓声，不由睁开了眼，一听，窗外真的传来了鼓声。

“咚！咚咚！咚咚咚咚！……”

蒋鸿乐是清河县的鼓精。从前他坐在家中，听到外面传来的鼓声，凭鼓点就能判断敲的是什么鼓，举行的是什么文艺活动。这一次，他侧耳听着鼓声，左手放在膝盖上打着节拍，慢慢地皱起眉来：这打的什么鼓？完全听不出名堂！他撑着椅子慢慢站起身，一瘸一拐走到窗前，伸出头去张望，只见远远一块空地上，有一群中老年妇女腰系红绸带，在晚霞里快乐地跳着秧歌舞。一个老头儿挥着两个鼓槌，卖力地敲打着一只大鼓。跳秧歌的女人们踩不准鼓点，跳得乱七八糟，笑成一片。蒋鸿乐生气了：哪来的一个糟老头儿？这打的什么秧歌鼓？真是乱弹琴！不一会儿，一群妇女都跳不下去了，老头儿停下鼓槌，女人们围上去指点一番，然后重新跳。但那鼓声还是“咚！咚咚！咚咚咚咚”，女人们又跳乱了。

蒋鸿乐在阳台上远远地观望，越望越有气。他是个白胖子，一生气，就变成个红胖子。他用左手当鼓槌在窗台上敲着鼓点，冲那边打鼓的老头儿喊：“是这样的！秧歌鼓要这样敲……”蒋鸿乐站在屋里当起了鼓师，教着几百米外的敲鼓老头儿。可谁看得见呢？蒋鸿乐叹了口气，转过身，摸着墙壁，打开了家里的门。

秧歌妻从厨房里跑出来，一把扶住他，关心地问：“你出门散步？”

蒋鸿乐涨红着脸说：“那边有跳秧歌舞的，我去教教敲鼓的老头儿，敲的什么鼓，太没章法了！”他让秧歌妻搀扶着，一瘸一拐地来到了跳秧歌的场地边，却发现领舞的女人是叶红。他立即收住拐腿，站住了，挺直腰，也不让秧歌妻扶他，还说：“你回去吧。”秧歌妻也看见了叶红。叶红五十多岁了，身材苗条得像个姑娘，穿着一身绿色运动衣，系着红绸带，跳着秧歌舞，动作优美极了。秧歌妻低头看着自己一身黑衣黑裤，转身往回走，在不远处的墙角又停下来，远远地望着。

蒋鸿乐一直站着不敢动，一动就会露出是瘸子的马脚。

一会儿，跳秧歌的女人在老头儿的鼓点下跳乱了。叶红停下舞蹈，看见蒋鸿乐，忙走过来，说：“蒋老师，听说你……你好了？”蒋鸿乐尴尬地叹了一声。这时，跳舞的女人们都朝蒋鸿乐跑过来。她们年轻的时候，就让蒋鸿乐辅导过秧歌舞，都还认得。大家笑着喊：“蒋老师、蒋老师……”一个女人离蒋鸿乐还有几步远，就伸出手要握。此情此景，令蒋鸿乐很兴奋，忘记自己中风的现实，一抬右手，居然伸出来了，双脚向前一迈，身子就不由自主往前一跌，站在一旁的叶红急忙扶住。蒋鸿乐一下歪在她怀里，不禁满面通红。

在叶红的搀扶下，蒋鸿乐拐到了大鼓前，瞅瞅击鼓老头儿，说：“你刚才敲的什么鼓？不是秧歌鼓嘛！”

老头儿是个六七十岁的光头，他不好意思地说：“蒋老师，我敲的是‘掌勺鼓’。”

蒋鸿乐一愣，他是个鼓精，却没听说过“掌勺鼓”。叶红笑着给蒋鸿乐介绍这个老头子，说他是她的老邻居，一个退休的老厨师。她组织社区的中老年妇女跳秧歌舞，找不到合适的人来敲秧歌鼓，就把这位老厨师找来了。教了他怎么敲秧歌舞的鼓乐，可他就是敲不准。

老厨师朝蒋鸿乐憨憨地笑：“蒋老师，你别见怪啊。我在大食堂炒了一辈子菜，掌了一辈子勺，一拿起有把儿的东西就当成了勺子，挥起来，就是炒菜的动作和节奏。菜刚下锅时，翻炒得慢，慢慢地加快，就是‘咚！咚咚！咚咚咚咚’！”

蒋鸿乐哭笑不得，说：“我教你一句话，保证你忘不了秧歌舞的鼓点。秧歌舞是劳动者一边干活儿一边走路的舞蹈。世界上除了秧歌舞，还没有第二个跳一天舞能走上一百多里路的舞蹈。所以，它的鼓点是行军号子：‘一！一！一二一！’也就是‘左！左！左右左’！敲起鼓来，就是‘咚！咚！咚咚咚’！你这下该忘不了吧？”

老厨师一听，懂了，又敲，却还是“咚！咚咚！咚咚咚咚”！

蒋鸿乐生气地向前拐了几步，从老厨师手上接过鼓槌。老厨师难堪地摸摸光头，说："我回去帮我老婆炒菜去。"就走了。

蒋鸿乐一愣，说走就走？走就走，他站在大鼓边，右手拿着一个鼓槌挥了一下，说："我来敲，大伙儿跳。"一群女人都乐了，叶红组织了一下队列，站在队前领跳起秧歌舞。蒋鸿乐左手举起鼓槌，手起槌落，"咚"地一响。接着右手举起鼓槌，准备再"咚"地一响，没想到他右手没力气握紧，鼓槌往天上飞去，划了道弧线，"咚"的一声，掉在叶红脚边。

叶红弯下腰去，捡起鼓槌，送到蒋鸿乐手上。蒋鸿乐一脸尴尬。叶红朝他一笑，递个眼神，示意他再击鼓。蒋鸿乐心头一热，右手慢慢捏紧鼓槌……

蒋鸿乐敲鼓敲出一身汗，心情舒畅。跳秧歌的女人三三两两地走了，只剩下蒋鸿乐和叶红两人。"蒋老师，我扶你回家吧。"叶红说着，就搀着蒋鸿乐往回走。蒋鸿乐刚一挪腿，就看见不远处墙角里闪出秧歌妻。他忙推开叶红，说："你回家吧，秦香莲来了。明天下午，你再组织大伙儿在这里跳秧歌舞，我来击鼓。"叶红松开蒋鸿乐的手，慢慢转身走了。

第二天下午，蒋鸿乐趴在家里的阳台上张望，不久，就看见叶红带着一群女人来到了那块空场地。老厨师也来了，双手抡着鼓槌："咚！咚咚！……"敲的又是"掌勺鼓"。蒋鸿乐离开房间，瞅瞅厨房，见秧歌妻正在里面忙活，他一声不响地往门外走，扶着墙下楼梯。他家住三楼，下到二楼转角，他忽然看见身后跟着秧歌妻，就说："我去教教那个老厨师敲鼓……"

秧歌妻一笑，要扶他下楼。他晃了一下肩，说：“你在家里忙吧，我没事儿的。你瞧……”说着，他摸着楼梯，一瘸一拐地下去了。秧歌妻仍在后面跟着。蒋鸿乐不高兴了，说：“你回去！跳秧歌的地方离家近得很，太阳下山我就回家。”秧歌妻说：“我不放心……”蒋鸿乐火了：“你有什么不放心的？瞧我这样子，一走一拐的，你就是叫我做陈世美，我也做不了。如今，你再也不用带着一群孩子喊‘打倒陈世美’了。”秧歌妻眼里涌出泪水，说：“老蒋，你还生气啊？”蒋鸿乐哼了哼，当年，她闹得他住学习班，险些被开除公职。这么多年了，那事儿一直梗在心里。他说着讽刺话：“你是毛泽东思想武装起来的秦香莲，谁敢生你的气！”

秧歌妻愣愣地站着，一直目送着蒋鸿乐一瘸一拐地走到了秧歌场上，才转过身，抹着泪往家里走。蒋鸿乐从老厨师手上接过鼓槌，开始击鼓。

太阳下山了，跳秧歌的妇女们散场。叶红要送蒋鸿乐回家，蒋鸿乐不要她扶，他只想跟她单独说说话儿。他说：“这些年，你和你那口子过得好吗？”

叶红淡淡一笑，说：“还好。”

蒋鸿乐叹了一声说：“刚才，我跟我老伴吵了嘴。她见你在这里跳秧歌，就把我当陈世美盯着，讨厌不讨厌！”

叶红苦笑了一下，说：“蒋老师，你误解她了。瞧你这身体还没恢复好，你出门，她一定会跟着，担心你摔跤。自从你中了风，她很伤心。你天天闷在家里，她要搀你出门散步，你不答应。她没办法，就找到了我，叫我组织社区的一班中老年妇女到你家不远的这块空地跳秧歌舞，叫个老人乱敲秧歌鼓。你是个鼓精啊，听到‘掌勺鼓’，看着跳的是秧歌舞，估计你一定会走出家门……”

蒋鸿乐怔怔的，他做梦也没想到，这一切都是他秧歌妻的良苦用心啊！他把目光慢慢移向不远处自家的房子，看见秧歌妻正站在阳台上朝这边望着。蒋鸿乐收回目光，看着叶红。叶红说：“蒋老师，明天，还在这儿见。”

蒋鸿乐呆了半晌，嗯了一声，扭头却见秧歌妻出了门，正向自己走来。在满天的霞光下，她的身子显得格外瘦小，似乎岁月把她当年丰满的身材磨损剥蚀了很多很多。当她的手又一次伸过来搀扶他时，他眼睛一红，说：“明天下午，你也来跳秧歌，我给你击鼓。你还会跳秧歌吗，小织？”

“小织？”秧歌妻愣了愣，定定地看着蒋鸿乐。小织，是几十年前那个小鸿乐对她的昵称。自从那年她带着孩子进城喊“打倒陈世美”后，“小织”这个昵称就离她遥遥而去。秧歌妻听着蒋鸿乐嘴里吐出一声“小织”，泪水夺眶而出，说：“小鸿乐，我从来没忘过秧歌，我还会跳秧歌……”

两个老人彼此搀扶着，步履蹒跚，心里回荡着咚咚的秧歌鼓声，走在黄昏红红的夕阳里。

学徒赵小二

清河县剧团有个叫赵小二的，十多年前，他还是个初中生，剧团下去招演员，他当时正站在校门口，嘴里哼着调儿，负责招收的人见他唱得挺有味儿的，便把他招来了。不料赵小二虽然曲儿哼得好，可上台演戏常忘词，出了好几次洋相，剧团团长便不让赵小二登台唱戏。他在团里没事儿干，就跟团里一个作曲的老师学作曲。

赵小二学作曲如何？每次作完一曲，老师看了都不满意，替他修改，改了的地方他又看不懂，气得老师直骂娘。

赵小二的老师叫吴长乐，在清河县这块小地方，他一统音乐界天下。现在是市场经济，剧团不景气，不经常演出，工资发不了，可吴长乐的日子却过得挺滋润，他靠谱曲子捞外快。每年有多少节日哟，县里大小单位逢上节日就会举行文艺晚会，拿来歌词请吴长乐谱上曲子，用电脑做个光盘拿回去唱。一个曲子收几百元，一年下来，就是一笔可观的收入。赵小二每次看到老师将花花的票子装进口袋，羡慕不已，可叹他学艺不精，还没人拿钱来请他作曲做光盘。

这年，吴长乐到了退休年龄，手上也攒了一笔钱，就买了一套商品房，搬出了剧团老宿舍。吴长乐想到县里想谱曲子的人找不到他的新家，便吩咐仍住在剧团老房子里的赵小二：“如果有人找我作曲做光盘，你就把他们带到我家来。”赵小二满口答应。

不久，省里举行民歌会演，每个县先进行初赛，再选拔一首民歌送到省里参加大赛。吴长乐觉得这回他又可以有一笔可观的收入了。他怕人家找不到他的新居，便做了一个木牌，挂在剧团门口，牌子上写着：“作曲家吴长乐已搬新居——往东走三百米，栖贤路十八号。”还在牌子上画了一个指示箭头，并且留下了手机号码。

吴长乐挂了牌子后得意扬扬地回了家。他还没走多远，赵小二的老婆就把那牌子取了下来，拎回家。她骂赵小二：“家里穷得快揭不开锅啦，你这回也作几首曲子，挣几个钱买米。我把你老师的牌子暂时摘下来了。”

赵小二听后诚惶诚恐，他觉得老婆这种做法要不得。再说，他每次作的曲子都让老师改了又改，指点又指点，自己单枪匹马搞单干，行吗？赵小二正踌躇着，巧了，正遇上几个人走过来，打听作曲家吴长乐老师住在哪儿。

赵小二的老婆说：“搬好远去住了。我家小二是吴老师的徒弟，你把歌词放在这里，小二会送给吴老师的，过几天你们再上我家来拿曲子和光盘。”

那些人以前也曾找吴长乐做过曲子，认识吴老师的徒弟赵小二，于是便依照赵小二老婆的吩咐，把歌词和作曲子的定金放下，高高兴兴地走了。

一连半个月，有二十多个单位的人通过赵小二找吴长乐作曲子，并拿到了署名“吴长乐曲”的曲子和刻的光盘，银货两讫，欢天喜地。

再说吴长乐，左等右等，不见人来，也有点儿纳闷了：“这阵子怎么没人来找我作曲了？”有一天，他接了个电话，是县里一个主管民歌大赛的头儿打来的，那头儿说：“吴老师，你这回作的二十多首曲子跟你往年作的风格不一样啊，简直不像你作的曲子！”

吴长乐大吃一惊，是谁冒充了我？他气呼呼地来到剧团，见挂在门口的牌子让人摘了，是谁干的？吴长乐气呼呼地来到徒弟家，叫赵小二帮他查一查。赵小二面如土色，半晌不作声，眼睛悄悄地斜视着放在角落里的那个木牌。吴长乐见徒弟神色慌张，随着徒弟的目光一瞧，便找到了他挂的牌子，原来是自己的徒弟在搞鬼！吴长乐长叹一声，眼前一阵发黑，栽倒在地上……

吴长乐被送到医院，一直昏迷不醒。赵小二和他老婆做的丑事被剧团的人传得沸沸扬扬，两人简直没脸做人了。夫妻俩很惭愧，便把冒充吴长乐老师做曲子赚的一万块钱捧着来到医院，在昏迷不醒的吴长乐的病床前扑通跪下。

赵小二痛哭流涕：“吴老师，对不起啊，我不该冒充您的大名赚黑心钱，钱都给您，您醒醒吧！”赵小二哭着把钱放在吴长乐老师的枕头边。

吴长乐的耳朵碰到一沓钱，动了动，眼睛睁开了，他久久地看着赵小二，语重心长地说："小赵啊，人穷，但志不能穷。你跟我学了十多年的作曲，没有像模像样地作出一首曲子，怨谁？怨你自己没本事！你能偷我的名字，但我的风格你偷得了？人家一听曲子就知道不像我的风格，你蒙得了谁啊！钱你拿着吧，但你不能坏了我的名声。"赵小二和老婆哪里敢要钱啊，怀着做了贼一样的心情回了家。

几天后吴长乐出院了，赵小二上门负荆请罪，把他作的曲子和光盘都带来了，请老师像医生给病人把脉一样诊治。吴长乐提了很多意见，并亲自提笔做了大量修改。特别是选送到省里参加比赛的一首名叫《母鸡抱小鸡》的曲子，他整整修改了一天一夜，然后做成光盘，递到赵小二手上，说："小二，这个曲子基础还行，我把它重新做了调整和删改，拿到省里去，得个二等奖应该没问题。告诉你，十年前，我在省里得过民歌作曲二等奖呢！"

赵小二毕恭毕敬地捧着吴长乐修改后的光盘走出了门，然后又把光盘交到县里负责民歌大赛的一个领导手上。

十天后，省民歌大赛通过电视现场直播。这天晚上，吴长乐天没黑就坐在电视机前，叫老伴给他沏了一壶铁观音，他美美地品着茶，欣赏着民歌大赛。没多久，清河县选送的节目上演了，只见一个姑娘上了场，唱起了《母鸡抱小鸡》，那歌声委婉动听，姑娘一边唱一边跳，风趣活泼。比赛结束时，主持人宣布《母鸡抱小鸡》得一等奖。吴长乐听完宣布，顿时惊呆了，像傻子一样半天说不出一句话来……

老伴慌忙扶住吴长乐，说：“老吴啊，你得个一等奖。咋这么激动哪？”吴长乐渐渐清醒过来，摇着头说：“我一生没得过一等奖啊！”

吴长乐为啥要发呆？因为获得一等奖的那个《母鸡抱小鸡》用的是赵小二作的曲子，而不是他吴长乐修改了一天一夜的曲子！其实，前些天那个负责民歌大赛的领导打电话给吴长乐，说这回作的曲子不像他以前的风格，实际上是在夸这些曲子作得好，而这些曲子其实都是赵小二冒名顶替作的。后来，吴长乐把《母鸡抱小鸡》的曲子修改了，大家听了后觉得没以前好听，所以县里送到省里的还是原先赵小二冒充吴长乐作的那首曲子。

当晚，吴长乐又羞愧又激动地打电话到赵小二家，却没人接。第二天，吴长乐一大早就去剧团，却见赵小二家门上挂着一把大锁。听剧团的人说，赵小二带着老婆上南方一座城市打工去了，说是跟一位建筑工地上的师傅学油漆活儿。

吴长乐久久地站在赵小二家门口，愧恨难当，他喃喃地说：“叫赵小二回来……”

好衣裳，破衣裳

1. 村主任借衣

俗话说：人靠衣装，马靠鞍装。赵家屯有个叫赵春的，打小就讲究穿戴，现在都快三十了，讲究得更厉害。可他越讲究，越是讲究不了。为啥？穷呀！

赵春的妻子叫孟巧巧，长得挺漂亮，当初愿意嫁给赵春，也是看中赵春穿着体面，能说会道，还懂电焊技术。结婚后，孟巧巧发现赵春虽然穿戴得很像那么回事，却一点儿也不愿定下心来吃苦，那个灵活的脑瓜子整天只想着排场。家里的日子越过越窘迫。

这天，赵春跟孟巧巧不知为啥事大吵起来，引得村里的人都来围观。正吵得不可开交时，村主任赵栓从外面开会回来。他西装革履，一只手拎着公文包，一只手叉在腰上，喝开围观的人，吼道："你们两口子吵个啥？吃饱没事儿干了，啊？"

赵春抖了抖手上的一套新西服，说：“村主任，你倒是瞧瞧，我马上就要到省城打工了，让她给我买套像样点儿的西服，她却花六十块钱给我买了这套地摊货。做工差不说，料子也太差了！这叫我怎么穿着去省城？”

孟巧巧说：“你是去城里打工，又不是去做模特，穿那么好干啥？”

赵栓点点头，对赵春说：“出门打工，穿得太好不是个样子，你媳妇说得对。”

赵春不满地哼了一声，说：“清官难断家务事，你不懂就别进来瞎掺和。”

赵栓一听生了气，说：“怎么了？不服呀！我今天就是要断一断你这家务事！你倒是给我好好说说，你凭啥要挑三拣四！”

原来，赵春的二叔去年春上得病死了，丢下二婶和两个年幼的儿女，日子过得很艰难。孟巧巧就想赵春出门打工挣点儿钱回来，帮一帮二婶。赵春觉得打工太苦，不想出门，孟巧巧就说她有个高中同学，在江城开了家海王星造船厂，赵春可以直接去找那个叫顾大成的同学。她怕赵春不相信，还给顾大成写了封信，交给赵春。赵春得知孟巧巧有个这么出息的同学，心思也活络了，但他要孟巧巧为他买一套名牌西服，可孟巧巧只给他买了一套五六十块钱的地摊货。

赵栓一听就摇头，说：“你不过会点儿电焊，就算那个顾大成肯给巧巧面子，顶多给你个电焊工干干，你穿名牌西服有什么用？”

赵春不接赵栓的话茬儿，瞅着赵栓的一身穿戴，点点头，说："嗯，红格领带，船王牌西服，一双皮鞋也行，手上还拎个公文包，你这一身行头凑合。我就想要身你这样的。"

赵栓说："像我这样的？我这身是到外面开会时才穿的！"

赵春说："这你就不懂了！我只要有你这身穿戴，出门准能混出个人样，在那个造船厂起码能混个中层干部。"

赵栓听得大笑起来："赵春啊赵春，大白天你做的是什么梦啊。行！你要是真能在那厂子里混出个人模狗样，我这身行头就借给你！"

赵春拍拍胸，大大咧咧地说："要是有你这套穿戴，我一准儿弄个中层干部给你瞧瞧。"

赵栓大手一甩，说："好你个浑小子，我还真信你了，就把我这套行头借给你！"

不一会儿，赵栓的一身穿戴就套到了赵春身上，嗨！就像给赵春量身定做的，马上让土不拉几的赵春焕然一新，活像一个都市白领。

第二天一早，赵春啥也不带，套着赵栓的那身穿戴便出了门。孟巧巧又给了他二百五十块钱，一直把他送到大路口上，千叮咛万嘱咐的："赵春，村主任这身行头值一两千块，他出门开会时才舍得穿，现在借给你了，你可不能把人家的东西弄坏了。再者，你去了江城一定要好好干，得混出个样子回来，这些年我跟着你没少怄气，你要是在我老同学跟前再给我丢人，我就不活了，我要当着你的面跳塘！"

2.旅社失窃

赵家屯离江城不算太远，赵春当天就到了。下车时，天色已经暗了下来，他不知道顾大成的电话号码，更不知道海王星造船厂在什么地方，便决定先找个小旅社住下来。

他走进一条小街，没走几步，便有一个乞丐向他打招呼：“老板，给点儿钱让我买个包子吧！瞧你这样子，准是个做大官发大财的人。”

听到乞丐的话，赵春忍不住停下脚步，只见这乞丐穿了套邋里邋遢的衣服，那阵怪味让赵春直捂鼻子，但乞丐的话让赵春心里美得不行。于是“唰——”的一声，他拉开公文包，手往里面一掏，掏了半晌，掏到两张百元大钞，连忙放回去，他估计赵栓的公文包角落里肯定会有一两枚硬币，就继续在里面掏，掏了老半天，还真让他掏出一枚一角的硬币。他上前把硬币递给乞丐，说：“包里只有这点儿零钱。”

这乞丐名叫胡路，见赵春老半天才掏出一角钱硬币，非常失望，便梗着脖子，缩着手，说：“老板，一角钱别说买包子，屁也买不到一个呀！你也太小气了吧？”

赵春不高兴了：“我小气？一角钱不是钱啊？你到底要不要？”

胡路往地上吐口痰，不再吭声。赵春只好将一角钱硬币放进公文包，拍拍身上的西服，走了。

胡路没讨到赵春的钱，看看天色不早，也不再蹲了。他数了数口袋里的钱，想想好久没打牙祭了，就去街边的小店买了只烧鸡和一瓶白酒。往前走了一会儿，看见一家私人小旅社，就走了进去。

小旅社的老板娘看见胡路进来，急忙挥着手，说："去！这里没钱给！"

胡路说："怎么？我花钱住旅社，不行呀？"

老板娘见胡路拿得出钱，犹豫了一下，就让他拿出十块钱，住进了地下室。

胡路一进地下室，便看见赵春正坐在床沿，捧着碗方便面大吃着。赵春一抬头，见胡路手里拎着一瓶酒和一只烧鸡，不禁怔住了，说："一个讨饭的也吃鸡喝酒，真有你的！"

胡路打开酒瓶，很响地呷了一口酒，说："我又没要你一分钱，管得着吗？"

赵春哑口无言。

胡路津津有味地大吃大喝，故意做给赵春看，想不到做得过头，竟然一口气喝下了半瓶酒，搞得昏沉沉的，便把余下的酒和鸡往床头柜上一放，倒在床上，呼呼大睡。

赵春吃完方便面，把孟巧巧写给顾大成的信拿出来看了半天，看得皱着眉直摇头，一把将信撕了。自己掏出纸和笔，模仿着孟巧巧的笔迹，写了起来——

顾大成老同学：

你好！

一晃十五年过去，你还记得高中时一个叫孟巧巧的同学吗？应该记得的！听说你事业有成，在江城开了一家造船厂。我有一件事想拜托你：我丈夫赵春精明能干，一直在北京一家公司当部门经理。最近他嫌那家公司老板付的薪金太低了（月薪只有三千），他就想跳槽……所以，我介绍他来找你，希望你能在工厂给他安排一个合适的位置。拜托你了，谢谢！

老同学：孟巧巧亲笔

某月某日

赵春写完信，又看了几遍，得意地笑了。想那顾大成看了这样的信，又看自己这身穿戴打扮，肯定会高看自己一眼，再凭自己活络的脑子一活动，肯定马到成功。

他把介绍信放进公文包，脱下赵栓的那套穿戴，摆在床头边。正要躺下，忽觉闻到一阵扑鼻的酒香，抬头便看见胡路放在床头柜上的酒和烧鸡，都在散发着诱人的浓香。赵春只觉喉头里一条馋虫在不停地爬动，他终于忍不住，一只手向那边的床头柜伸了过去……

天蒙蒙亮时，胡路醒过来，打了个哈欠，抬起身子便看床头柜。这一看不打紧，只见酒瓶子空空的，自己吃剩的半只烧鸡踪影全无！再看邻铺，只见赵春鼾声如雷，一只手伸出被外，手上还捏着根鸡腿骨！

胡路简直不敢相信自己的眼睛：这个穿得如此体面的家伙，

竟然会偷吃乞丐的鸡，偷喝乞丐的酒！胡路气坏了，他看着赵春放在床边上的公文包、名牌西服、领带和一双锃亮的皮鞋，顿时眼睛一亮，一骨碌从床上下来，蹑手蹑脚走过去，将那身好衣裳往自己身上一套，拎起公文包，摇摇晃晃地走出了地下室……

3.人靠衣装

赵春一觉睡到大天亮，睁开眼，大吃一惊：村主任赵栓的那套好行头变成一堆臭烘烘的乞丐衣，连皮鞋和公文包也不见了，那个乞丐也没了影子。他失魂落魄地从床上跳下来，奔出地下室。

这时，小旅社老板娘正坐在沙发上梳头，看到赵春只穿一条裤衩，慌里慌张地从地下室里跑出来，就大喝一声，问："你、你怎么这样？你想干什么？"

赵春这才发现自己只穿了条裤衩，立即觉得十分尴尬，他弯下腰护住裆部，说："老板娘，我的衣服被那个乞丐偷了，你们旅社要负责，得赔我衣服！"

老板娘瞅瞅赵春，不屑地问："真的吗？"接着，她去地下室把那套乞丐衣裳拎出来，说："你把这套衣服穿上，让我看看。"

赵春瞧着那套又破又脏、散发着刺鼻气味的衣服，连连摇头。

老板娘说："你不穿，我咋知道你说的是真是假？想我赔你一套好衣裳？休想！"

这时，长着一脸横肉的老板出来，听了老板娘的一番话，二话不说，一把将赵春推出大门，将那套乞丐衣裳也跟着甩到了旅社门外。

赵春立在街边，又气又难堪，也不能穿条裤衩在街上走，只得咬着牙，将那套乞丐衣裳穿在身上。老板娘站在旅社大门口一打量，乐了，对赵春说："我就说嘛，你昨天来时就是这个样子的！"

赵春又气又羞，掉头就走。

再说乞丐胡路，他偷了赵春的衣服后，沿街走了一段路，停下来将公文包拉开，一看，包里有一百八十多块钱，还有赵春的身份证和一封信。他看了身份证和信，知道赵春在北京一家公司当部门经理，月薪三千还嫌少，又带着老婆的亲笔信想找薪水更高的工作，不禁大骂："穿得这么体面，薪水又这样高，居然偷鸡吃、偷酒喝！没档次！"他夹着公文包在一家早餐店吃了顿肉包子，打着饱嗝儿刚从店里出来，便看见赵春穿着他留下的那套又破又脏的衣服，沿着街道踉踉跄跄往前走。胡路捂着嘴，笑得几乎要岔过气去。他决定今天不讨钱了，悄悄跟着赵春，看看赵春穿着乞丐衣裳去见老婆的同学，会是什么样子！

赵春漫无目的地在街上走，看见前面有个治安岗亭，就走了进去，苦着脸把在旅社被胡路偷走衣服的事向值班的警察说了。这警察很负责，马上就要帮赵春跟家里人联系，问赵春家在哪儿，家里有没有电话。

赵春一听，脸色顿时灰白。赵家屯只有赵栓家有电话，但这事要是让赵栓知道了，肯定会说给孟巧巧听，还会当成笑话在村里讲。孟巧巧要是知道他一到江城就出了这么丢人现眼的事，没准儿真的会急得跳塘。他朝警察摇摇头，苦笑一下，转身走出治安岗亭。

赵春身无分文，一直走到傍晚，走到长江边，忽然看见江岸不远处有家工厂，工厂的大门上方闪烁着几个大字：海王星造船厂。他心里一喜，便朝这家工厂走过去。

忽然，工厂大门里闪出一个保安，朝赵春喝道：“你这个乞丐，晚上跑到这里来干啥？快走！”

赵春吞吞吐吐地说：“我……不是乞丐，我找你们的老板顾大成。”

保安一愣：“你认识顾总？”

赵春说：“顾总跟我老婆是同学。”

保安打量着穿得又脏又破的赵春，根本不相信，就问：“你老婆叫啥？我给顾总打个电话。”

赵春不作声。

保安笑着说：“一瞧你这鬼样子，我就知道你在胡说，你老婆怎么可能跟我们顾总是同学呢？又怎么会有女人嫁给你？还不快滚！”

赵春简直要气昏了，真是狗眼看人低呀！他离开大门，在工厂围墙边坐下，想自己这一天走下来，连饭也没吃上一粒，要是再不弄点吃儿的，只怕会昏过去。他挣扎着站起来，朝一家亮着灯的副食店走去。

副食店里有几个男人在打牌，一个女人站在一旁观看。赵春走到店前，冲那个看牌的女人说：“大姐，行行好，给我一点儿东西吃吧？”

女人正为丈夫输了钱恼火，见突然冒出个乞丐，就没好气地说：“哪有晚上来讨钱的！”说完，便继续看牌，不理赵春。

这时的赵春已经饿得头昏眼花，他见谁也不理自己，就蹑手蹑脚溜进店里，从货架上抓了一袋火腿肠，转身就往店外跑。

女人听到动静，回过身看见正在逃跑的赵春，马上大喊：“抓贼——”

店里几个打牌的男人马上放下手上的牌，分别抄起店里的棍和凳子，追了出来。

一直跟着赵春的胡路远远地看见赵春从一家小店里跑出来，很快便被几个男人追上，摁倒在地，喊打声响成一片，赵春在地上发出一声接一声的惨叫。胡路吓得浑身颤抖，再也没心思跟踪赵春，赶紧挟着赵春的公文包，一溜烟儿跑了。

4.有苦难言

一直到第二天早上，赵春还蜷缩着睡在海王星造船厂大门外的围墙边。

一辆轿车开过来，在大门前停下。顾大成从车里走来，喊来一个保安，朝赵春一指，问：“那乞丐怎么睡那儿？影响厂容嘛！”

保安说：“那个乞丐昨晚在一个小店偷东西吃，被人狠打了一顿，估计受了点儿伤。他昨天还来找过你哩，说他老婆跟你是同学。一看就知道在骗人。”

听保安这么一说，顾大成就来到赵春跟前，用脚尖轻轻碰了碰睡着的赵春，说："喂！醒醒。"

赵春被顾大成弄醒，慢慢坐起来。

一旁的保安指指顾大成，说："昨天你不是找顾总吗？他就是。"

赵春打量顾大成一眼，不作声。

顾大成问："你是哪儿人？你老婆跟我是同学？"

赵春点点头。

"你老婆叫什么？"

赵春犹豫一下，说："我不想告诉你。"

顾大成见赵春怪怪的，转身便要离去。

赵春见他要走，又忍不住了，说："我老婆真是你同学。"接着，他把来江城后的遭遇一五一十地说了。

顾大成听了，忍住笑，说："你老婆叫什么名字？如果她真是我同学，我会帮助你的。"

赵春说："我老婆叫孟巧巧。"

顾大成一听就愣了：孟巧巧？那可是高中时班上最漂亮的女生，当时自己对她很着迷，连吃饭、上课、睡觉都想着她，可孟巧巧傲慢得像个公主，总是一副爱搭不理的样子。后来，孟巧巧高中没毕业就辍学回了家。想不到十五年没见，今天却见到她的乞丐丈夫，这才叫一朵鲜花插在牛粪上！

顾大成想给孟巧巧打个电话，就问赵春："你家住哪儿，有电话吗？"

赵春摇摇头，说：“我家里没电话。我也不想让我老婆知道我现在这样子。”

顾大成让保安到食堂拿了几个包子，递给赵春。

赵春强忍住饿，没接包子，对顾大成说：“顾总，你能让我做点儿事吗？”顾大成点点头，让赵春吃下包子，又让保安带着赵春去找一个工头做事，并偷偷吩咐保安，赵春在厂里干活儿，给饭吃，但先不要给他钱，也别给他换衣服。顾大成美滋滋地想，孟巧巧知道赵春的下落后，肯定会来给赵春送衣服，到时，他要让昔日骄傲的公主当着他这个成功人士的面，看看自己乞丐丈夫的丑态。

赵春干的是扛钢板的重活儿，一天扛下来，累得汗流浃背，那套又破又脏的衣服更臭了。他实在受不了，就找到顾大成，想先支点儿工钱，洗个澡，换套新衣服。

顾大成笑着说：“我们这么大一个厂子，是有财务制度的。你干满一个月，肯定按时发你工资，到时你想洗一百个热水澡都随你。”

赵春苦着脸，把手伸进衣服里搔着，说：“这套衣服太脏，穿着太难受了。”

顾大成马上把手机递给赵春，说：“衣服？好办！你马上给孟巧巧打个电话，让她把衣服送来。”

赵春才不会给孟巧巧打这个倒霉电话，他脑子一转，又说：“顾总，我的电焊技术可好了，你别让我扛钢板，让我当电焊工吧。”

造船厂正缺电焊工，顾大成听赵春这么一说，马上叫他试一试，这一试，赵春竟然真的会。于是，顾大成当场安排赵春做了名电焊工，但还是不提预支工钱的事。

电焊工是技术活儿，工资比扛钢板高多了，但钱再多也只在账上，赵春还是得穿这身乞丐衣裳。他度日如年，咬紧牙关，只想着再干两个月，只要赚到能赔赵栓那身穿戴的钱，立马回家！

这天，赵春正在做电焊，偶尔抬一下头，忽然发现不远处有个西装革履的人在打量自己，手上拎的那个公文包挺眼熟，再一打量，这不正是那个偷衣服的乞丐吗？赵栓那套行头一件不少全套在他身上了！赵春气得扯开嗓子大喊："抓住那个乞丐小偷！"

这个人正是胡路，他本来是来找赵春的，冷不防被赵春的大嗓门吓了一跳，又见赵春摆出一副拼命的架势扑过来，哪里还敢跟赵春啰唆，吓得撒腿就往大门外飞跑。赵春连手上拿的电焊钳和面罩都忘了放下，撒开脚丫便追上去，只听咔嚓一声，电焊钳上连着的电线被扯断了，赵春也不管，边追边喊："抓住那个偷东西的乞丐！"随着胡路跑出了大门。

大门口的保安只听到有人喊"抓住那个偷东西的乞丐"，接着便看到一身破烂的赵春拿着电焊钳子和面罩，跑出了工厂大门，连忙高喊着跟在赵春身后追了上去。

赵春气喘吁吁地跑过上次偷火腿肠的那家小店门口，店里突然冲出几个男人，一齐扑上来，将赵春打翻在地，边打边骂："你这个狗日的乞丐，真是不长记性，又当小偷！"

这几个男人正是上回打赵春的那些人，他们见造船厂的保安跑在赵春身后，大喊“抓住那个偷东西的乞丐”，又见赵春手上拿着电焊钳子和面罩，以为赵春又偷东西。气不过，上前把赵春死死摁在地上，不由分说，对着赵春就是一通老拳，打得赵春鬼哭狼嚎。

好在厂里的保安很快追了上来，给赵春解了围。赵春鼻青脸肿地从地上爬起来，哪里还有胡路的影子。他想接着找胡路，保安却把他拉回厂里，说：“你别拿着厂里的东西到处跑，我可没看见偷东西的乞丐，你给我放老实点儿！”

赵春分辩不得，再也忍不住，哇的一声大哭起来。

这时，顾大成也赶了过来，见赵春这个样子，就把手机递给赵春，说：“还是给你老婆打个电话吧，你老婆一来，一切都好了。”

赵春“哇哇”哭着，说：“我老婆要是知道我这个样子，她会跳塘的……”

5.衣破心不破

这事过了七八天。这天，赵春正在船甲板上干活儿，忽然看见顾大成陪着孟巧巧一起走了过来，他顿时吓呆了，连忙低头看看自己身上破烂的乞丐衣裳，又紧张地望了一眼滚滚东流的长江，结结巴巴地说：“巧巧，我……你要想开一点儿，我……”

孟巧巧眼睛里汪着泪，说：“赵春，你可真有本事，把村主任一身好好的穿戴变成一套破衣烂衫，你快撒泡尿瞧瞧你现在这个样子，我是没脸再回赵家屯了！都怪我瞎了眼，嫁了这么个不成器的男人，我、我这就跳江去！”

赵春连忙拉住转身要跑的孟巧巧，扑通一声跪下，说：“巧巧，我没用，我无能！我求你想开点儿……”

孟巧巧脸上泪水直淌，大喊一声：“你这副鬼样子，我怎么想得开？”

顾大成在旁边看笑话，心里偷偷直乐，嘴上却说：“巧巧，就算一朵鲜花插在牛粪上，你也得认命！女人嘛，嫁鸡随鸡，嫁狗随狗，嫁了根棍子你只好搂着走。”

赵春又急又愧，正不知如何对付老婆，顾大成这么一说，他马上就把矛头转了过去：“我是牛粪？是鸡？是狗？是根棍子？我看你才是心怀鬼胎！你偷偷把我老婆找来，就是想让她看我这样子，出我洋相？”

顾大成连忙说：“我可没去找孟巧巧，是她自己找来的。”

孟巧巧抹了把脸上的泪，猛地把手上的包往赵春怀里一塞，重重地说：“赵春呀赵春，一个大老爷们儿，不怕衣破，就怕心破、骨头破。你自己看着办吧！”说完，她转过身，捂着脸朝工厂大门跑去。

赵春呆呆地站在铁船上，望着妻子跑出工厂大门，这才低下头打开怀里的包，包里是一套簇新的冬衣。想想现在还是秋天，她就送冬衣来，分明是要自己在这里一直干下去……

转眼到了年底，赵春离开海王星造船厂，回乡过年。他拎着大包小包的东西，刚到村口，就遇上了村主任赵栓，赵栓一见赵春就乐了，说：“你回来了？你小子早该还我那套行头了！”

赵春走上前，把一个包裹往赵栓怀里一塞，不好意思地说：“都怪那个乞丐，偷走了你那身好穿戴，要不然，我早就还你了！”

赵栓接过包，又问赵春：“你借了我的行头，有没有混出个中层干部？”

赵春一听脸就红了，说：“我现在领到了焊工证书，还是海王星造船厂的电焊班班长，虽说不是中层干部，但也是我一个秋冬实打实干出来的，你那身穿戴根本没起作用。”

赵栓点点头，说：“我就说嘛，啥事都是干出来的，哪有穿得出来的！”

赵春满是感慨地说：“是呀，我总算明白了，人是得讲个体面，可光讲体面，不干，就会弄得没体面。”

赵春告别赵栓，走进村子，突然看见妻子孟巧巧正在二婶家的房门上贴大红喜字。正在奇怪，又见一个穿戴齐整的男人从二婶家屋里出来，仔细一瞅，这不是那个偷他衣服的乞丐吗？仇人相见，分外眼红，赵春上前一把揪住胡路，抡起拳头便打。

孟巧巧转过身子，正好看见赵春要打人，连忙大叫：“赵春，打不得！他是你二叔哩！”

这时，赵春的二婶何寡妇也从屋里跑出来，一把拉住赵春的手，说：“胡来！你怎么能打你二叔呢？”

赵春急得大喊：“二婶，这是个坏家伙，他把我害惨了！”

何寡妇红着脸，说：“啥坏家伙不坏家伙的，他都来小半年了……”

赵春愣住了：这到底是咋回事呀？

原来，胡路偷了赵春那套穿戴后，穿在身上没两天，就出了问题。因为别人看他穿得这么好，再也不肯给他钱。他想把这身衣服卖掉，又一时找不到买主，想来想去，他决定去造船厂找赵春，把那套乞丐衣服换回来。哪知道赵春一见他就要拼命，吓得他转头就跑，结果又给赵春招来一顿痛打。他又一次看着赵春被人死死摁在地上，被打得哭爹叫娘。眼看已是秋天，再这样下去，只怕赵春不被人揍死，也会被活活冻死。这全是自己害的！他心里一软，想给赵春家打个电话，却查不到电话号码，想想赵家屯路不算远，反正自己也没事做，干脆走一趟赵家屯，让赵春的家人赶紧送一套衣服过去。

胡路一到赵家屯，便遇上村主任赵栓。赵栓一眼就认出胡路手上的公文包是自己的，再看胡路的穿戴，正是自己外出开会时才舍得穿的那套行头，便一把抓住胡路，问了个一清二楚。他要胡路赔自己那套行头，胡路双手一摊说赔不出。赵栓一想，赵春的二婶何寡妇家正少个干活儿的，不如让胡路帮着干干，也能抵扣一点儿损失。跟胡路一说，胡路听有个吃饭的地方，连忙应承下来。

胡路帮何寡妇收大豆、割甘蔗、播小麦，一天也没闲着。何寡妇见胡路是个种庄稼的好手，便问他的身世。原来胡路是安徽人，本来有个家，那年冬天，他媳妇和儿子出车祸死了，一下把胡路打垮了，觉得活着没意思。啥事也不想干，渐渐浪迹江湖做起了乞丐。何寡妇见他可怜，忍不住关心起他来，一来二去的，两个人对上了心思。在赵栓的撮合下，两家合一家，这两天正在布置新房。

胡路愧疚地说：“赵春，以前我衣破心也破，现在都被你二婶缝好了。往后，我要做你的好二叔！”

孟巧巧在一旁笑着说：“赵春，快叫二叔呀！”

赵春开始很尴尬，慢慢地脸上就浮出了笑容，说：“二……叔！当时我也不好，不该偷你的鸡吃，喝你的酒。往后，我做你的好侄儿吧。”

旁边的人听了，全都哈哈大笑……

看不见的报晓鸡

范小宝还没满周岁，爸爸妈妈便外出打工去了，很少回家。小宝从小被爷爷奶奶娇生惯养，性格犟，还有个贪睡的坏毛病。到了读小学的年纪，每天早上，他都要睡到太阳两树高才起床，然后慢吞吞地背着书包上学堂。老师批评他上学天天迟到，他说睡着了，忘了起床。老师来家访，叫家长每天早上把孩子喊醒，小宝的爷爷奶奶急得晃着头，说："喊不得啊，小宝没睡足，爷爷奶奶把他唤醒，就像捅了一只马蜂窝，又哭又闹，还赌气，待在家里一天不去上学。"

这年，一个新来的女班主任肖老师又来家访，得知范小宝贪睡，还不准爷爷奶奶喊醒他，便想了一个主意，买个小闹钟，晚上放在小宝枕头边。小宝的爷爷奶奶觉得这倒是个好主意，不妨试一试。

这天，范小宝一觉睡到天亮，只听得枕边铃声大作。范小宝从睡梦中惊醒，见小闹钟还在闹着呢。他眨眨惺忪的睡眼，爬起来，看看窗外，天刚蒙蒙亮。范小宝觉得自己还没睡好，气嘟嘟地拎起小闹钟走进爷爷奶奶房里，嚷道："谁买只闹钟放在我的床上，把我吵醒了！"说着，把小闹钟往爷爷奶奶床上一丢，"把这钟卖了，不然，我不上学了！"

小宝的爷爷奶奶暗暗叫苦，昨晚，两人一夜都没睡好，一直竖着耳朵盼小闹钟响起来，岂料钟闹起来了，孙子也闹起来了。范小宝立在床前，逼着爷爷马上起床卖钟，要不就把钟砸了。小宝奶奶忙把小闹钟藏在被子里，说："小宝，你上学去吧。这钟……我叫你爷爷退了。"

这天，小宝爷爷真的把小闹钟退了，却买回了一只报晓的大公鸡。想着小闹钟治不了睡懒觉的小孙子，就用大公鸡吧！

"喔——喔——"

第二天清晨，范小宝正蜷缩在床上睡得香，忽听得堂屋里传来大公鸡的报晓声。他正奇怪呢，家里只养着母鸡，哪有大公鸡？他从床上爬起来，看见鸡笼里有一只伸脖高歌的大公鸡。范小宝很生气，把手伸进笼里抓大公鸡，没想到手让大公鸡狠狠啄了几下。这可把范小宝惹火了，他拿根棍子插进鸡笼里捣着，弄得一笼子鸡扑棱着翅膀，啼叫个不停。小宝的爷爷奶奶慌忙披衣从房里跑出来，叫苦不迭。

小宝奶奶说："小宝，你这……一大早捣鸡笼，要是你读书有这么用功就好了！"

小宝爷爷一跺脚，骂："爷爷还以为是只黄鼠狼来家了，还不快去上学！"

范小宝从鸡笼前跳了起来，摸了摸被大公鸡啄痛了的手，显得怪委屈的，嚷着："把大公鸡杀了！"说罢，回房里睡觉。

太阳几树高了，小宝奶奶来到门前，敲了敲门，说："小宝，上学啊！听你学校的钟声，已上了一节课了！"

范小宝被大公鸡吵醒后，就没睡意了，赌气地睁着眼睛躺在床上。听见奶奶在门前的喊声，便说："我不上学！把大公鸡杀了，我就上学去。"

久敲门不开，小宝的爷爷奶奶立在门前，无奈极了！小宝爷爷痛苦地唉叹一声，走进厨房，拿出一把菜刀，把大公鸡捉住，冲房里喊了一声："出来，看爷爷杀鸡！"

范小宝把房门打开一条缝，眼睛贴着门缝，看见他爷爷一挥刀，把大公鸡的头砍了下来。

可是，杀了大公鸡之后，每天黎明，堂屋里仍"喔——喔——"的有雄鸡的报晓声，把范小宝吵醒了。

范小宝觉得很奇怪，家里又养了大公鸡？他拉亮房里的灯，慢慢从床上爬起来，走进堂屋，查看一下鸡笼，里面有几只母鸡，没有大公鸡呀！他在屋里各个角落寻找，都找不到大公鸡，便走进爷爷奶奶房里。见爷爷奶奶披着衣服准备起床，便问："家里是不是又养了一只大公鸡？藏在哪儿？"小宝的爷爷奶奶摇着头，说家里没养大公鸡呀。因为天亮了，小宝的爷爷奶奶便叫小宝上学去。小宝只得背着书包上学去了，但心里暗想着：爷爷奶奶一定在家里偷偷养了一只大公鸡，我一定要找到这只报晓鸡。

这日黎明，范小宝从睡梦中醒来，听见房门前"喔——

喔——”地响起阵阵雄鸡报晓声。他悄悄爬起来，轻手轻脚地走到房前边，眼睛贴着门缝，往堂屋里瞅。此时，天蒙蒙亮，光线并不明亮。范小宝模糊地看见房门前立着一只非常大的黑公鸡影子，正“喔——咯——喔——”地啼叫着。范小宝头上冒出汗，他慌忙拉亮房里的灯，猛地打开房门。

灯光照着房门外的一只巨大的公鸡。范小宝的心猛地一阵收缩，眨眨眼，忽地看见那个巨大的黑公鸡瞬间变成了他的爷爷！见他爷爷驼着背，伸着脖子，背上披着鸡翅膀一样的大棉袄。“爷爷，你……”范小宝的心怦怦地跳动着。

小宝爷爷张开的嘴没来得及合上，还吐了最后一个“喔”，然后，爷孙俩怔怔地对视着。

“爷爷，你扮报晓鸡？”范小宝嗫嚅地说。

小宝爷爷喉结跳动，没想到今晨扮鸡被孙子给抓住了。半晌，才一字一顿地说：“孙子，你看不见的那只报晓鸡今天让你看到了，唉，是爷爷到你门前来报晓……小时候，爷爷奶奶把你养得太娇了，现在，你长大了，还贪睡，上学迟到，爷爷奶奶心里急呀！小闹钟闹你，你要砸钟；公鸡报晓，你要杀鸡；爷爷奶奶喊你，你嫌烦，使性子赌气。爷爷奶奶对你咋办呢？只有做一只让你看不见的报晓鸡，天天给你报晓。孙子，爷爷白天干活儿劳累，晚上，只要听到别人家的雄鸡报晓，爷爷就起床。爷爷要跟公鸡一样，每天黎明给你报晓……”

范小宝听着爷爷的话，只见两行老泪从他爷爷眼里溢出来，顺着布满皱纹的脸往下淌。寒冬腊月的晨曦里，又见他奶奶披着衣裳，从一个角落里走到了他面前。他懵懂地听见奶奶说：“孙子，这天下，谁愿意做一只大公鸡给你报晓？只有你爷爷啊！”

范小宝久久地看着他的爷爷奶奶，低了低头，一声不吭，背起书包，朝学校飞跑。

从此，每天黎明，范小宝总是在睡梦里梦见他爷爷变成一只大公鸡立在他的房门前，他急得一下就从床上爬起来，打开房门，还好，爷爷不在门前，天也正好亮了，他就上学去了。他的学习成绩也在一天天提高。肖老师见他进步得很快，而且，每天早上总是第一个到校的学生，便在一次班会上，叫他上台讲一讲。

范小宝站在台上，红着脸，说：“我上学不迟到，是怕我爷爷变成一只大公鸡……”

同学们都诧异地看着他，接着哈哈一阵大笑。

肖老师也愣了愣，不知是怎么回事儿，就说：“大家静一静，听范小宝同学讲。”

范小宝就把他爷爷扮大公鸡在他门前报晓的事讲了出来：“……那天早晨，我终于看见了那只报晓鸡原来是我爷爷，他悄悄站在我房门前……我不愿看见我爷爷做报晓鸡那个样子……”范小宝眼睛一红，声音哽咽，跑回他的座位。

同学们都一动不动地坐着，竖着脑袋。

肖老师心里掀起一阵波澜，深深为范小宝的爷爷奶奶教子的无奈、辛酸和执着而感动。她望着台下的小学生，语重心长地说：“同学们，范小宝之所以进步，是因为他发现了家里一只看不见的报晓鸡。你们家家都有这样神奇的报晓鸡，它就是天下父母可怜的心！大家要像范小宝那样，从小善于发现、理解这颗可怜的心，并让这颗可怜的心变得不可怜……”

教室里，一片寂静。

神箭手背红娘

高平县的野猪岭附近有个杏花村，村里有个黄员外，员外家有个小姐名叫红娘。红娘正值情窦初开的年纪，偷偷爱上了家里的一个小长工马超。马超更爱红娘，发誓要把红娘娶回家。

一天，红娘告诉马超说，近日山中闹强盗，父亲担心她被人抢走，正准备为她招婿，要选一个武功高强的男儿为婿。红娘还激将马超说："你只会挑粪使锄，如何是好？"马超听了，不容红娘分辩，气呼呼地背起红娘就往家里走。不料，途中被黄员外带着两个家丁追来，一棒子把马超打翻，并用绳子捆成一个疙瘩儿吊在大榕树上，破口大骂："马超，你狗胆包天，居然背了小姐逃，坏了小姐名声，你让我怎么给她找个好婆家！"马超说："员外，我敢背你家小姐，我就是好儿郎！"黄员外一听气歪了嘴，又赏给马超一顿乱棍，见马超一声不吭，便捻捻胡须道："念你小子在我家做过两年长工，又有老母，饶你不死，滚吧。"家丁放下马超，扶着红娘回了家。

黄员外在杏花村一带是有头有脸的人，这事很快传到野猪岭上匪首“猫头鹰”的耳中。猫头鹰以打家劫舍、强抢民女为乐，他骨碌碌转一番眼珠子，心想那黄家小姐一定生得怪美的，不然小长工怎么会铤而走险？他啧啧舌，对手下喽啰说：“小的们，今日夜间去给黄员外报个信儿，就说我猫头鹰想请红娘来做压寨夫人，聘礼一担白银、一担黄金。这两天叫他在家里准备准备，把小姐打扮打扮，用大花轿抬上山就没事了。若说个不字，你们就给他通个气儿，我送他两把鬼头刀。”

喽啰就在月儿下山时赶到黄员外家，如此这般说了一通，黄员外吓得蜷缩在床上，淌了一身冷汗。他暗想，一定得尽快给红娘招个能射箭的女婿，猫头鹰若敢来叼红娘，就射死他！

这天，天刚蒙蒙亮，黄员外家门口就站了一个手握弯弓的翩翩少年。定睛一看，原来是小长工马超。黄员外一捻胡须道：“马超，你小子一大早站在我家门前做啥？手上拿着竹片弓儿，还挺像个射箭的呢！哼，听说我给红娘招武艺高强的女婿，就想来骗婚吧，快滚！”

马超笑笑，说：“老东家，我怎敢再奢望娶红娘呢？只是今天一大早射了一只白兔，它的屁眼儿中箭后逃到你家后花园里了，我想进去找找。”

黄员外半信半疑，来到后花园，果见一只白兔倒毙于围墙边，屁眼儿还真射进了一根竹箭。黄员外暗吃一惊，这小子箭法神哪！瞄准兔子的屁股，就射中了屁眼儿。他上下瞅着马超，半信半疑地问：“马超，你在我家打工两年，我不知你有这等箭法，你啥时学过射箭？”

马超摆弄了一下手上的竹片弓儿，说：“我从未学过射箭，但在你家打了两年长工，给你家播麦种时，我就站直身子瞄准锄坑往坑里撒；插秧时，我就弯着头勾着腰从裤裆下瞄身后的秧行直不直。天长日久，竟练神了眼！若不信，你现在往前跑，我在后面朝你放一箭。”黄员外慌忙摆手：“这可不是闹着玩儿的。马超，我相信你说的。不过，得等你射死猫头鹰，我才会考虑把红娘嫁给你。”

这天，黄员外进城见街上有人围着看榜文，他凑上前，见是县衙张贴的。原来，在高平县东南部的虎谷寨，近日出现一只白额吊睛猛虎，经常下山伤人。卞县令悬赏黄金百两，招揽打虎英雄。黄员外突然想到马超，立马上前揭下榜文。

马超得知黄员外代他揭了榜文，怔了半天。黄员外见他不吭声，就堆了一脸笑：“马超，等你射死老虎，名利双收，我一定把红娘嫁给你，不用你背她，我用大花轿给你送去，还陪送丰厚嫁妆，你说这是多美的差事！”红娘将黄员外扯到一旁，悄悄说：“爹，射老虎不是射兔子，别送了马超性命。你千万别让他去。”黄员外向红娘瞪了一眼：“大丈夫之事，你休得多言。”红娘流着泪说：“爹，你有所不知，上次马超射的兔子是一只本来就死了的兔子，他只是把竹箭插进了它的屁眼儿……”黄员外一听，双腿打弯，一屁股坐在地上：“老天爷，你咋开这么大的玩笑呢！我已揭了榜，卞县令怪罪下来，我怎么消受得起！”一旁的马超见状，心中反而窃喜。

翌日，马超坐轿来到县衙，拜见卞县令。卞县令久久打量他，只见眼前的马超虽仪表堂堂，满身英气，但穿着破布褂儿，脚上是草鞋，手上的弓是毛竹片儿，箭是竹箭，心中直嘀咕：他能射虎吗？一个衙役在卞县令耳边低语："大人，去接他时，他磨磨蹭蹭半日方才上轿，一女子又哭哭啼啼说他不能射虎。"卞县令点点头，瞅瞅马超："请问壮士，你是黄员外家什么人？"马超说："卞大人，我是他家一个小长工，只因爱上了他家小姐，就做了神箭手，外号'屁眼神箭'。"卞县令"哦"了一声道："本县让你去射虎，你敢吗？"马超说："既来了，就敢。但是大人得先派几个衙役去虎谷寨山脚下挖个坑，一人深，内大口小，洞口只要我钻得进去就行，另准备鸡鸭若干，白酒若干，放在洞口，供我享用，如此方行。"卞县令心想，暂且依你之言，但若射不得老虎，你就自埋于那洞穴吧！

当夜，一切布置停当。马超将弓箭放入挖好的洞穴内，坐在洞口，边喝酒边吃鸡鸭，仰脸观望虎谷寨。但见山高势陡，偶有狼嚎猿啼，颇显阴气森森。他边喝酒边想，不论射不射得死老虎，都一定要保住性命，回家好见红娘。

不多时，马超已喝得半酣，忽闻山中有虎啸之声，接着风儿乍起，树叶哗哗作响，山林深处，一对小灯笼朝他这边缓缓移动。灯笼已越来越近，突然，那对灯笼大吼一声，化成一只白额吊睛大虎，张牙舞爪，尾巴竖得像根铁棍，卷起一地山风朝马超扑来。马超惊出一身冷汗，打个滚儿，老鼠般钻进洞内。

老虎扑到洞口，一边大口吞食鸡鸭，一边朝洞内拉起屎来。

那虎屎一团团正好砸在马超头上。他终于憋不住，仰起脸，借着洞外一丝微弱的光亮，窥视老虎的屁股。只见老虎屁眼儿大张，还有两粒像茄子一样吊着一晃一晃的玩意儿。马超起身一跳，双手揪住虎卵，两足腾空，荡起秋千来。顷刻间，老虎眼一闭，头发晕，四肢乏力。它正为自己一不小心遭人暗算而懊悔不已时，突然觉得屁眼儿里有竹片穿梭插入，顿觉万箭穿心，一阵哀嚎，就在洞口毙命。

次日一早，高平县城大街上热闹异常，前有人鸣锣开道，后有人抬着老虎，街两边的老百姓只看射虎的马超，却不注意前面的卞县令，卞县令颇有几分尴尬。忽然，一人口喊救命，跑到卞县令马前。卞县令勒住马缰，喝道："马下何人，光天化日之下，谁敢害命不成？"跪着的人抬起头，卞县令认出是揭了打虎榜的黄员外，只见他一边脸上全是血污，已少了一只耳朵。

黄员外哭道："卞大人，昨日晚上，马超去虎谷寨射虎，野猪岭上猫头鹰趁机抢走了小女红娘，请大人赶快想法捉拿他，搭救老夫小女！"说完，泪流满面地磕了几个响头。卞县令看了看身后的马超，马超翻身下马，提着弓箭奔到黄员外跟前，一把扯起他："你刚才说什么？"黄员外流着泪说："马超，红娘已被抢到野猪岭去了……"不等黄员外说完，马超已飞奔而去。

马超在野猪岭上东奔西走，始终找不到猫头鹰的窝，也找不到红娘。他气得咬牙切齿，用箭射树叶，射野果，射飞鸟。奇怪的是，开始他射不中，后来却想射啥就射到啥，几乎是百发百中，只可恨还是找不到猫头鹰。

其实，猫头鹰带着一伙强盗藏身在山上的一个大石洞里，跟兄弟们喝酒取乐。

这天，为了强行与红娘成亲，猫头鹰大办喜筵，喽啰们纷纷下山置办酒席。两个喽啰回山洞时，正巧被等待多日的马超盯上，他屏住呼吸悄悄尾随，见他们欲进入一山洞，立马将一根竹箭搭上弓，只听嗖的一声响，一个喽啰惨叫一声，伏卧于地。另一个回头张望，见同伙在地上扭动，屁股上插了根竹箭。他慌忙窜入石洞，扯着沙哑的声音怪叫："大王，不好啦，'屁眼神箭'杀进石洞来了！"

猫头鹰慌忙大吼一声："兄弟们，绑上铜锣，可以防箭！"几个喽啰绑好铜锣后，挥着刀朝马超扑过来。只听迎面嗖的一声响，一支竹箭插进了喽啰的喉咙，他往后一仰，倒地而死。一伙强盗见状，忙丢下手中兵器，跪下磕头求饶："神箭手，饶命吧，小的再不做强盗啦！"马超大吼一声："都给我滚！"然后往石洞深处寻找。

往前走了几十米，马超见有烛光。烛光下有一女子坐在那里流泪。马超一见，那不正是他心爱的红娘吗？红娘看见马超来了，立即朝他跑过来，哭道："马超，你还活着呀？"两人正相拥相偎时，猫头鹰从一石缝里猛地蹿出，挥舞着鬼头刀朝马超扑来。马超眼疾手快，立即拔出弓箭，猫头鹰见了，掉头就跑。正跑着，只听到背后嗖的一箭射来，猫头鹰陡觉屁眼儿一阵钻心的痛，他挣扎着扭摆几下屁股，不甘心地倒了下去。马超追了过来，狠狠在他屁股上一踩，把一根竹箭直踩进去，猫头鹰像被钉在了地上，一动也不动。

黄员外正站在山下迎接，见马超背着红娘径直从身边走过，就问：“马超，你把红娘背到哪儿去？”马超说：“背到我家去！”黄员外忙说：“别着急，先背回我家，我会用花轿把红娘送到府上，卞大人要来主婚，还让你到衙门去做都头，你已经是我的乘龙快婿啦！”

红娘在马超背上悄悄地说：“马超，别听我爹的话，最要紧的是你快把我背回去做妻子，其余的都是废话！”马超嗯了一声，背着红娘一路向家里跑去。

这次，黄员外没有追赶，他怕马超放箭。

还债狗

乾隆年间，范家坨有个叫范三皮的人，做着皮货生意，从乡间贩好狗皮、牛皮和驴皮，再送进县城卖掉，没几年工夫，就发了家。这天，范三皮推着一辆独轮车，带着从外乡购进的皮货回家，这时，村里一个孩子牵着一条黑狗走过来，大大咧咧地说："三皮叔，你欠我家的五十两银子什么时候还啊？"

范三皮一愣，打量一番这孩子，说："端端，我啥时欠你家五十两银子了？"

这个名叫端端的孩子刚刚十岁，眼泪汪汪地说："我爹说，你五年前借了我家五十两银子，一直没还，我爹也没向你讨。现在我家出了事，我爹快要死了，连买棺材的钱都没有，你把那五十两银子还给我吧。"

说起端端爹，那可是村上有名的大好人，他种着两亩田地，还烧了个青瓦柴窑，算是村子里有钱的人，村民有困难向他借钱，他都会借给人家，连借条也不用写。没料到，上个月他家的青瓦柴窑塌了，还砸伤了好几个做工的人。端端爹花了很多钱给那些砸伤的人治伤，还给砸残废的人赔上一大笔钱，这样一来，端端家就倾家荡产了。由于这个变故，端端爹一病不起，已到了弥留之际。

范三皮转动着眼珠子，说：“端端，我想不起什么时候向你爹借过钱，你爹既然告诉你了，那他有借条吗？”

端端摇摇头，说：“我爹借钱给别人，从来不向人要借条。你要是真没借，怎么不上我家跟我爹对个质？”

范三皮把车停下来，摆弄着车上的皮货，生气地说：“你这狗屁孩子，咋就这么不相信你叔呢？一定是你爹病得快死了，犯了糊涂……”

他正这么说着，端端牵着的那只黑母狗突然冲着范三皮汪汪叫起来。范三皮更火了，对端端说：“你找我要钱还带着狗？我真没借你家的钱，如果我骗你，就是这只狗娘下的崽，这回你该相信了吧？”

端端见范三皮跟他赌了咒，又不愿去他家跟爹对质，就打算回家再问问爹。哪知道回家一看，他爹已经咽了气，正穿着寿衣放在一把椅子上，等有了钱买回棺材就入殓。端端站在爹的尸体旁大哭：“爹，你死了，三皮叔又赖了账……”

端端正这么哭着，范三皮来了。他见端端爹死了，便双膝跪下，抱着端端爹的一条腿，放声大哭：“大哥哇，你打发端端上我家讨银子，我啥时借过你五十两银子啊？我白天忙着事儿，想晚上来你家一趟，把这事儿说个清楚，哪想到你现在不能开口说话了啊。”

端端眨巴着眼儿看着范三皮哭，正看不明白，突然，他爹的尸体霍地一下站了起来。

跪在地上的范三皮以为诈了尸，吓得屁滚尿流，赶紧从地上爬起来，准备逃。端端见范三皮想跑，急忙上前搂住他一只脚，说：“别跑，你借没借我家的银子，跟我爹当面对个质！”

端端爹是听了范三皮的话，又气得活了过来。他气冲冲地站着，盯着范三皮看了片刻，忽然转怒为笑，弯下腰拍拍端端的头，说：“端端，快放开你三皮叔，他没借咱家的银子，往后你别再提这事儿了。”

端端一愣，松开了范三皮。范三皮冷汗淋漓，爬起身就往外跑，不小心一脚踩在蹲在门槛的黑母狗肚子上，绊倒在地。那只黑母狗被范三皮踩得大叫一声，跳到院子里，不一会儿，就从屁股后滚出一只小狗崽来。

范三皮栽倒后，直挺挺地躺在门外。端端去扶，却怎么也扶不起来。端端爹忙赶过来查看。邻居们听到动静，都提着灯笼走过来，见刚才已经死去的端端爹穿着寿衣，正忙着掐范三皮的人中救范三皮，全都大惊失色。

邻居们七手八脚地把范三皮抬回家，把他放在床上。从这以后，范三皮一直没醒过来，昏沉沉地睡着，一家人围在床边，不停地呼唤他，十几天过去了，一点儿用也没有。

再说端端家，那只黑母狗一胎只生出一只小狗崽，奶水足得直往外冒。那只小狗崽长得胖乎乎的，让端端好不喜欢，经常搂在怀里玩耍。

一晃过去半年，范三皮仍沉睡不醒。那只小狗崽已长成一条半大的狗，特别机灵，一会儿跟黑母狗逗乐，一会儿就跑得不见了。

一天，小黑狗一大早就跑出门，等到了吃早饭时，竟然叼着一锭银子回了家，径直放在端端爹脚边，然后又出去了。端端爹捡起银子，大惊。不一会儿，小黑狗又叼回一锭银子，还是放在端端爹脚下，又转身出了门。端端爹忙叫儿子跟着小黑狗，看它是从哪儿叼回的银子。

端端跟在小黑狗身后，穿过几条村巷，小黑狗忽地一闪就不见了。端端找了半天，没找着小黑狗，便掉头往家走，刚走到家门口，便看见小黑狗又叼着一锭白亮亮的银子跳进了家门。它刚一进门，就猛地挨了端端爹一棒子，在地上扑腾一会儿，四肢一伸，死了。端端见小黑狗死了，哇的一声哭了起来。

端端爹手里拿着木棒，看看死去的小黑狗，对端端说："这只狗竟然把外面的银子盗回家，太坏了，咱们家不能养这样的狗！"

这时，那只黑母狗跑了过来，嗅嗅躺在地上的小黑狗，汪汪叫了一阵，用嘴叼着，把小黑狗拖出了门……

过了不一会儿，端端家里突然来了一个背着一捆柴火的人。这个人低着头，苍白的脸被柴火遮着，一进门，就"嗵"地一下跪在端端爹跟前。端端爹吓了一跳，一看，居然是在床上躺了半年的范三皮！

范三皮哽咽着，说："大哥，三皮给你负荆请罪来了，你是我的救命恩人啊！"

端端爹忙把范三皮扶起来，问是怎么回事。范三皮说，这半年多来，他一直做着一个噩梦：梦里有很多人指着他的鼻子骂，要他变成一只狗，说他做了昧心事，还敢赌咒变狗，那就必须变成一只狗。多亏端端爹刚才用木棒砸了他的头，把他从噩梦里砸醒了，他醒来就从家里背上一捆柴火，来向端端爹赔罪。

范三皮愧疚万分地说："大哥，五年前，我向你借过五十两银子。"

端端爹笑着说："你借过我家的银子吗？我咋想不起来哩。"

"借啦！"范三皮告诉端端爹，五年前，他借了五十两银子做生意，后来发了家，却一直拖着没还。上次端端爹出了事，病得快要死了，他就想把这五十两银子赖掉。那天晚上，他听说端端爹死了，就装模作样跑到端端家来哭，其实是哭给端端看的。没想到却把端端爹哭活了。

端端爹瞅着范三皮，叹息一声，说："三皮啊，我活过来后，看见端端搂着你的腿不放。知道你是横了心不想还，我又没个借条，这样下去只会两家生怨，反而要祸及后代，得不偿失，这才说你没借，并不是真的忘了。"

范三皮一听这话，更加愧疚万分，立即转身回去，从家里扛起一把锄头，领着儿子多多到了自家的菜园里。没想到，竟然在菜园里看到端端家的那只黑母狗正用爪子扒着土，在埋那只小黑狗，已经埋得只露一条黑狗尾巴露在外面。范三皮惊慌地大叫：

“我在这里埋着五十两银子，这母狗咋在这里埋狗崽？我的银子呢？”

这时，端端爹带着端端，拎着一大包银子过来了。端端爹告诉范三皮，小黑狗一共叼了五十两银子回家。范三皮看看这些银子，正是自己埋在坑里的那些，叹息一声，说：“原来这只小黑狗是替我还债的。”

于是两家人一起动手，为小黑狗垒了一个坟，还在旁边立了一块碑。

后来，范家坑的人要是谁遇上个急事要用钱，有余钱的人肯定会借给他，根本不用打借条，借钱的人都会如期归还，从来没有发生欠债不还的事。

郎中做刽子手

1.郎中刽子手

当阳县城外有个桃花庄，庄里有个姓金的郎中，会使用银针刺穴位治病。实际上，这是古人很早就使用的针灸，但金郎中使用针灸到了鬼斧神工的地步。他能把死人治活，亦能把活人治死。县太爷马甫桐认识了金郎中，他瞄准了金郎中“能把活人治死”这绝活儿，常请金郎中去县衙当刽子手，给死囚犯行刑。

马县令为何要让一个郎中当刽子手呢？当时，执行死刑的罪犯多是砍头，死囚犯家属希望得个囫囵尸，常向县里一个拿鬼头刀的刽子手暗使银子。那刽子手得了银子，刀下留情。行刑那天，午时三刻一到，刽子手把鬼头刀举得高高的，猛地一挥，鬼头刀像长了眼，只砍半个脖子，死囚犯倒地身亡。当然，如果死囚犯家属没向刽子手送银子，那死囚犯的脑袋就像皮球一样从脖子上一下飞到五步之外。这里的猫腻让马县令知道了，想着堂堂县令居然捞不到半点儿囫囵尸的好处，很不甘心，便在行刑前提醒一下死囚犯家属，如果他让郎中行刑，死囚犯不流一滴血。既然有这么好的事儿，死囚犯家属就向马县令送上大把大把的银子。

金郎中给死囚犯行刑是秘密进行的，往往提前一天行刑。马县令让他独自一人进死囚牢里。金郎中掏出一根五寸长的银针，从死囚犯的脑门顶插进去。银针细如发丝，插入脑袋时，如小蚂蚁咬一口。死囚犯都愿意接受这种死刑，一点儿不痛苦，笑咧着嘴让金郎中行刑。金郎中将银针深插进去后，用指头弹动针头，弹得死囚犯一晕一晕的。金郎中用指头弹针的力度和次数能决定死囚犯几时几刻死去。那些被金郎中提前行刑的死囚犯被押往刑场时，个个能走路，灵魂却早已离开躯体。到了刑场后，也晓得弯膝跪地。午时三刻一到，马县令坐在一旁，高声喊道："午时三刻到，开……""斩"字未出口，跪地的死囚犯扑地栽倒。身后立着持鬼头大刀的刽子手还未过手瘾，见死囚犯毙命，准备补上一刀。马县令立即赶过来说："这该死的，阎王准时把他收去了，就免了一刀吧。"于是，死囚犯家属拥上前来，抬着囫囵尸高兴而归。

久而久之，当阳县的人都知道了，县衙里那个持鬼头刀的刽子手不过是个行刑的傀儡，而真正的刽子手是金郎中。所以，金郎中便有了个"郎中刽子手"的绰号。

2.提前执行的死刑

金郎中"能把活人治死"这一绝活是他父亲传给他的。据说，他父亲活着时，桃花庄对面的猫头寨出了一伙强盗，经常下山打家劫舍。有一天，强盗头得了头痛病，把金郎中的父亲请去了。金郎中的父亲在强盗头的头上扎了一根针，当即头痛便好了。可一个月之后，强盗头无疾暴死，山上的强盗便散伙了。金郎中的父亲将这一绝活传给了金郎中，目的是让后代用这一绝活惩治人间无恶不作之徒，但没想到马县令让金郎中做了个刽子手，并帮他捞取囫囵尸的贿赂。但这些，金郎中蒙在鼓里，他只觉得给死囚犯行刑，既是惩罚犯了死罪的人，也让死囚犯家属得个囫囵尸，算是一个善举。

一日，马县令又派人到桃花庄来，请金郎中去县衙给一死囚犯行刑。行刑前，马县令告诉他，将死囚犯的死期定在一个月后的午时三刻。金郎中闻言大惊。往日，他只提前一天给死囚犯行刑，这次为何提前一个月？死囚犯命里还有一个月的阳寿，提前一个月施以死刑，于情于理于法都说不过去呀！

马县令告诉他，死囚犯是一个姓叶的女人，她跟街头无赖贾四通奸，谋杀亲夫，她和奸夫贾四都被判死刑，刑部文书下来了，秋后问斩。没料到昨晚奸夫贾四越狱而逃，而叶氏的娘家几个兄弟都是习武之人，可能会劫狱。为防万一，提前给叶氏行刑。只要金郎中给女死囚扎个穿头针，就死定了，那女死囚的亲兄弟也会失去劫狱的兴趣。金郎中得知这一缘故，犹豫地答应了。

金郎中独自一人进入死囚牢，见那女死囚叶氏是个美貌的少妇，脚戴铁链，手戴木枷，歪躺在一把稻草上。他不禁暗叹一声，随后，掏出五寸银针，正要动手，叶氏眼里淌出两行清泪，说："金郎中，我早就听说过你是个郎中刽子手。世上的郎中以给人治病为业，从死神手中救下生命。你忍心将我这二十岁的民妇处以死刑？你给我行刑，我死不瞑目！"

金郎中说："你犯了天良，是个死囚犯，罪有应得嘛。"

叶氏说："我是冤枉的。嫁到夫家一年，夫妻恩爱，哪想到夫君被人害死。马县令有眼无珠，审我跟人通奸，谋害亲夫。县衙大堂之上，我百般喊冤，昏庸的马县令将我施以酷刑，我昏死过去，衙役捉我手指，在一张早写好的供状上按了押，就判个秋后问斩……"

金郎中十分惊讶，细问案情。原来事情是这样的：数月前的端午节那天，叶氏在家里包粽子，将粽子煮熟后，正盼丈夫回家吃粽子。没想到街上的泼皮贾四路过家门，见叶氏家刚煮熟的粽子放在一个小篮子里，他便进屋里拿了个粽子先尝尝，随后要全拿走。叶氏一人在家，又知道这贾四是个无赖，只得眼巴巴地看着贾四拎着粽子走了。不一会儿，叶氏丈夫回家，得知后，便上街追赶。不久，叶氏丈夫双手捂胸，脸呈紫色，踉跄地回家。一进门，就扑进叶氏怀中，一句话也没说，就死了。叶氏十分恐慌，见丈夫头上有个大包，喉里塞着一个大粽子，估计是贾四害了丈夫，立即到县衙告状。马县令派衙役捉了贾四。第二天，衙役又把叶氏拿下，说贾四交代跟她通奸，两人合伙谋害了她的亲夫。叶氏大喊冤枉，马县令就施以酷刑……

金郎中看着叶氏全身伤痕累累，惨不忍睹。断定叶氏是被冤枉的。于是，他对叶氏悄语一番，使出绝活，将银针插进她的脑袋深处……

秋后问斩的那天，叶氏被从死牢里押出来，正游街前往刑场，突然倒地气绝。街头围观的人一阵惊叹。马县令嘴角边露出一丝微笑。他见叶氏的几个习武的兄弟都立在街头，个个怒发冲冠，生怕出了乱子，便令一班衙役撤回，并对叶氏兄弟道："就免一刀吧，抬回家去安葬。"

叶氏的几个兄弟将叶氏放入棺内，抬往城外的叶家村。半路上，金郎中从一片林子里走出来，见四下无人，叫叶家兄弟放下棺材，然后打开棺盖，在叶氏的头上扎了一针。喝盅茶的工夫，叶氏慢慢睁开眼，像睡了一觉似的醒了过来。

叶家兄弟和叶氏都朝金郎中跪下谢恩。金郎中长叹一声，想着叶氏的冤屈，往后就得人不人鬼不鬼地活在这世上了。叶家兄弟将叶氏藏在附近的一亲戚家，然后抬着一口空棺材回家了。为了瞒着众人，叶家兄弟将棺材下葬在叶家村边的一座山坡上，垒了个大坟垛。

3.谁在坟边哭泣

不久后的一个月夜里，这坟垛边突然出现一个黑影。黑影在坟边跪着，呜咽大哭，说："叶家妹子，我该死啊，害得你夫妻含冤九泉……"这人哭到黎明，才悄悄离去。第二天夜里，他又来坟前哭泣。忽然，几个黑影从坟墓边的一片竹林里蹿出来，直朝哭泣的人扑去。

天亮时，几个衙役将越狱逃亡的死刑犯贾四捆绑着押进县衙大堂。马县令坐在堂上，冷冷地瞅了贾四一眼，说：“罪该当死，这回逃不掉的！”随即，将贾四关入死囚牢中，准备过几天就将贾四问斩。

当天，贾四的一个哥哥来了，给马县令送上几锭银子，并说：“我弟罪该万死，念老母尚在，不忍看贾四身首异处，望县老爷给个囫囵尸，贾家感激不尽。”

马县令收下银子，点头应许。随后，就派一衙役请来金郎中，说：“金郎中，昨日夜间将逃犯贾四捉拿归案。按说，他早该跟叶氏同一天死的，命里该他多活几日。你去给他行刑吧。”

金郎中走进死囚牢，瞧那死囚犯贾四，戴脚镣木枷。金郎中准备给他行刑，贾四瞅了一眼银针，慢慢闭上眼睛。金郎中便将银针扎入他的脑袋里，左右摇晃。贾四疼得蹦跳起来，喊道：“好疼哟！郎中刽子手，听说你给人行刑不疼，我咋就这么疼哩？”

金郎中道：“可能你罪不该死吧。”

贾四叹了一声：“你让我死去罢了！”

金郎中又将银针摇晃着，疼得贾四在地上打滚。金郎中一脸肃然，道：“真是见鬼了，平素给死囚犯行刑，个个都无痛苦，今日为何这般。贾四，莫非你有冤枉？如若有冤屈，何不对我这银针说说？不说的话，你将疼得求生不能，求死也不成。”贾四听罢，就跟金郎中细说了原委。

原来，那天端午节，他拎着叶氏的粽子走进一条小巷，身后就追来了叶氏的丈夫，两人便扭打起来。这时候，马县令的大公子马衙邦从一妓院出来，正好遇上了，便抄起一根棒子，猛地将叶氏丈夫打翻在地。随即，他掰开叶氏丈夫的嘴巴，将一个粽子塞进叶氏丈夫的喉咙里，让他既咽不下，又吐不出。叶氏丈夫捂着喉咙回家，不久就听说死了。县衙役将贾四拘捕。马县令拍案升堂审“粽子人命案”，贾四只得告知实情，马县令大惊，随即宣布退堂。

金郎中十分不解，问：“马衙邦跟叶氏丈夫有冤仇吗？”

贾四说：“今年春上，叶氏跟她丈夫上街，被马衙邦看见了，见叶氏年轻貌美，便动手动脚调戏叶氏，惹怒了叶氏丈夫。正好叶氏的几个亲兄弟上街遇上了，甩了马衙邦一记耳光。马衙邦记恨在心。那天端午节，他见我跟叶氏丈夫抢一篮粽子，便趁机下了黑手。马县令知道用粽子噎死叶氏丈夫的是自己的儿子，为了开脱其罪责，硬逼我承认跟叶氏通奸，并合伙谋害她亲夫，我……我只好承认了。”

金郎中大怒：“你这个泼皮，难道不知道这么承认，会招来杀身之祸吗？”

贾四叹了一声说，当时，马县令说只要他承认，就会放他一条活路的。一天夜里，马县令果然以贾四越狱为由悄悄放走了贾四，并要他从此隐姓埋名，流浪外乡。贾四离开当阳县后，得知叶氏判了死罪，问斩了，想着自己害了叶氏，心里很难受。近几日，他悄悄潜回当阳，去叶氏坟头哭泣，没想到有人告了官，又将他拿获。

金郎中得知案情真相，十分震惊。他看着哭泣的贾四，见这个泼皮虽然平素在街头抢吃抢喝，但心里还存有一丝天良。沉默半晌，跟他悄语一番。贾四听罢，立即跪地，说：“金郎中，如果我能活着，往后一定做个良民……”金郎中一针朝他脑袋深处扎去，贾四慢慢倒地，死了。

不久，几个衙役将贾四的尸体从牢里拖出来。马县令让贾四的哥哥将囫囵尸体扛回家去。他站在县衙门前，捻捻胡子，暗想着本不想弄死贾四，没想到他回当阳县哭叶氏的坟，不弄死他，那案子总有一天露出破绽。贾四死了，“粽子人命案”就干干净净了。

4. “你怎么不给我个囫囵死”

转眼到了第二年的春天，朝中有个钦差来当阳。马县令跪在县衙门外恭候迎接。钦差进了县衙大堂，跟马县令说起一件异事。

钦差道：“马大人，今日来当阳，刚入当阳县地界，忽见一男一女跪在途中拦轿喊冤。我接过他们的冤状细看，不禁大惊，这两个喊冤的竟是当阳县那个‘粽子人命案’的一对奸夫淫妇，男的叫贾四，女的是叶氏。去年，他们不是秋后问斩了吗？怎么又冒出来了？我心下甚疑，不知是人是鬼……”

马县令听罢，笑道：“钦差大人，那对奸夫淫妇恐怕已变成白骨了。是人，不可能也。鬼嘛，清平世界，朗朗乾坤，只听说过鬼，谁见过鬼。卑职想，一定是钦差大人开玩笑！”

钦差甚怒，喊了一声：“带人！”

很快，钦差的随从带一男一女走进大堂。马县令一瞧，正是贾四和叶氏！马县令像大白天见了活鬼，脸淌冷汗。钦差一拍惊堂木："升堂！"

这一日，钦差就在当阳县衙把"粽子人命案"审了个明明白白。叶氏无罪，释放回家。贾四抢粽子酿成命案，充军服苦役两年。马衙邦害死人命，判以死刑。马县令身为官吏，无视王法、构陷冤案、草菅人命，判以死刑。钦差持有上方宝剑，也不将此案上报朝廷刑部，就给马家父子斩立决。

行刑之前，马甫桐向钦差求个方便，想金郎中给他们父子各扎上一银针，得个囫囵尸。钦差应许，并想看看金郎中的绝活。

金郎中来后，就给马甫桐父子头上各扎了一针。

正式行刑时，马衙邦跪地栽倒而死，马甫桐却跪着左顾右盼。随着"开斩"一声喊，一颗血淋淋的人头滚到立在一旁观望的金郎中脚边。金郎中一脸惊异，先父传给他的绝活怎么在马甫桐身上失灵了呢？那人头睁着眼，张着嘴，道："金郎中，你怎么不给我个囫囵死……我请你到县衙当个郎中刽子手，没想到今日你做了我的刽子手却……"

金郎中慢慢蹲下身来，拍拍会说话的落地脑袋，叹息一声说："马大人，看来你是罪该如此，我也是无能为力啊！"

突然冒出的儿子

1.没有男人的家

民国初年，鄂西有个叫歇马垸的村子，村里有个叫马九的人，突然出家做了和尚。

这马九才三十出头，老婆颇有姿色，儿子都三岁了，家里还有两亩多地，日子怎么也说得过去的！可他不知搭错了哪根筋，硬是去村外不远的百雀山当了和尚。

马九出家了，他老婆却不肯走，仍带着儿子住在马九留下的三间老屋里。从此，村里人把马九的老婆称作“和尚老婆”，称他的儿子为“和尚儿子”。

和尚老婆是个小脚。马九在家时，她很少干农活儿，只是在家做做家务，纺纱织布。如今丈夫当和尚去了，家里的两亩多田地就得靠她耕种，可犁田她不会，插秧经常摔在水田里，滚一身烂泥。孤儿寡母的，真是可怜。

但是天无绝人之路。和尚老婆年轻，长得漂亮，又是一个活寡妇，很快，村里不少男人都来抢着帮和尚老婆操持农活儿。很快，歇马垸出了个怪现象：和尚老婆这个没男人的家，地里的庄稼长得好，收割得快，新一轮的庄稼种得比任何一家都要早。

这下让村里的女人犯起了嘀咕，都不放心自己的男人帮和尚老婆干农活儿，但她们又不敢公开反对，为啥？因为马九在菩萨手下做事，得罪不起。

渐渐地，和尚老婆开始爱漂亮了，抹雪花膏，涂胭脂，把全身弄得香喷喷的，越活越年轻。平时她都待在家里，到农忙时，就拎一壶茶，打一把遮阳伞，立在她家地头，不一会儿就会有二牛哥小狗哥石头哥们跑过来在她家的地里忙碌开来。

除了田地上的农活儿外，和尚老婆家中还有一些需要男人干的事，如挑水呀，劈柴呀，也有不少男人上门去干。

一晃就是三年，马九在百雀山上当着和尚，家里住了几辈子的土砖老屋被他老婆掀掉了，盖了三间亮堂堂的青砖瓦屋，更奇的是，和尚老婆又生了一个儿子！

2.花钱买个教训

和尚老婆生二小子时，利索得像从肚子里滚出粒汤圆。这小子也不怕丢他娘的丑，哇哇直哭，把全村的人都引到家里来看热闹。

一个守活寡的女人生了孩子，这叫咋回事呀！村里顿时热闹得像一锅煮开的粥，男人紧张，女人愤怒，那些爱帮和尚老婆干活儿的男人，一个个被老婆骂得狗血淋头。随后，村妇们都涌到和尚老婆家，撕开往日怕菩萨的脸皮，在和尚老婆门口大声地说着话。

不一会儿，大麻子村长也来了，这人一向注重村风民俗，一来就虎着脸，问和尚老婆：“你这二小子是哪个野男人下的种？”

和尚老婆一见村长脸上的大麻子一粒粒膨胀起来，吓得要哭，却一声不吭。大麻子村长照着她脸上就是一巴掌，骂道：“死不要脸的女人，你男人在菩萨手下做事，你却在家里偷汉子，再不交代，我把你沉了猪笼！”

和尚老婆吓得直哆嗦，说：“我是喝……喝了石头哥挑的水，才怀上了二小子。”说罢，把被角往上一扯，盖住脸，躺在被窝里浑身发抖。

和尚老婆这么一说，村上的女人和大麻子村长一起松了口气。因为石头是个死了老婆的男人，快四十岁了，一直没续弦，这个人看上去老老实实的，想不到竟跟和尚老婆有一腿。

大麻子村长命人把石头绑在村公所前的木柱子上，说：“马石头，人家男人出门当和尚，在菩萨手下做事，你竟敢睡人家的媳妇，还睡出个孽种来，你狗胆不小啊！”

石头直喊冤枉，说从没睡过和尚老婆。

大麻子村长一巴掌扇在石头脸上：“和尚老婆都招了，你还不认？”

石头在柱子上被捆了一天一夜，第二天才松了绑。大麻子村长念他初犯，罚了他十块大洋，让他花钱买个教训。

马石头松了绑就直奔和尚家，想找和尚老婆问个清楚。可和尚家门上一把锁，谁也不知道和尚老婆在哪里，只好怏怏地回了家。他一回家就哭：家里只剩一亩活命的地和一间破草屋，把这些全卖光了也换不来十块大洋。可要是把这些全卖了，他怎么活呀？他觉得冤死了，又想不出法子，只好跑到百雀山庙里求菩萨帮忙。

3.菩萨帮帮忙

百雀山离歇马垸只有五六里路，庙建在半山腰上，不大，香火却挺好。石头带着香烛刚走到庙门口，就遇上了马九。

马九光着脑袋挑着一担水，见了马石头就打招呼："石头哥，你来行香啊？"

石头一见马九，一下牵动了肚里的愁肠，他长叹一口气，说："马九啊，你家里出了事，也连累着我出了事。"

马九一愣，忙问："我家出了什么事？"他毕竟是半路出家，嘴巴上还挂着自己从前的家。

"这几年你在山上做着和尚，你老婆却在家生了二小子。"

马九怔了半晌，红着脸，说："阿弥陀佛！这个不要脸的婆娘！当初我要是让她改嫁就好了。石头哥，你知道二小子是谁的吗？"

马石头痛苦地说："我要是知道就好了！大麻子村长硬说二小子是我的种，要罚我十块大洋，还捆我，打我的嘴巴，我没法子，才来庙里求菩萨帮我化解化解。"

马九愣愣地瞅着石头，问大麻子村长为啥要这么审，得知是他老婆亲口说的，气得他把挑水的扁担往地上一丢，奔进庙里，拿着个槌子直敲木鱼。

这时，一个老和尚从庙里出来，双手合十，问石头："阿弥陀佛，施主何事惹得他动怒？"

石头连忙把事情向这位老和尚细细说了……

不一会儿，石头进庙里来了，他烧过香烛，往功德箱里丢了几个铜钱，然后跪在菩萨面前磕头。磕完三个响头后，他凑到仍在敲木鱼的马九身边，说："马九，我在菩萨面前发过誓了，二小子真不是我的，可大麻子村长要罚我十块大洋，我就得把我家的地和房子卖了。你明白不？"

马九仍敲着木鱼，没作声。

石头接着说："你要是忙着念佛，空不出嘴跟我说话，我问你话，你就点头或摇头表示一下，行不行？我问你，大麻子要罚我钱，菩萨能不能保佑我不交？"

马九摇了摇头。

"那我交了罚款，二小子就算是我的儿子？"

马九点了点头。

"我算是二小子的爹？"

马九又点了点头。

"这么说，你那老婆也是我的了？"

这下，马九梗着脖子，不吱声了。

石头说到这里火起来了，大声嚷道："我不管，以后我夜夜上你家去，睡你的老婆！我不能这么冤枉地被罚去十块大洋。”

石头说完这些话，掉头就下了山。

4.大洋换老婆

石头回到村上时，太阳已下了山，路过和尚老婆家门口时，看见和尚老婆坐在屋里给二小子喂奶，他很想冲进去问个清楚，但看了和尚老婆正在喂奶，只好收住脚步，拐个弯走了。

天黑尽后，石头悄悄从家里走出来，来到村西头的和尚老婆家。他看见有个人影在和尚家门口的榆树旁晃了一下，就不见了。他轻手轻脚走到榆树前，细细一瞅，看到马九正偷偷趴在地上，就大喊一声：“是马九啊？你趴在树下干啥？”

马九从地上爬起来，气愤地说：“石头，你问我？我还要问你呢！深更半夜你来我家门前干什么？”

马九的声音比石头的还大，这时村上的人还没睡着，全都一骨碌从床上爬起来，拥到榆树底下，大麻子村长披着衣服叉着个腰，也来了。

马九对大麻子村长说：“我三年没回家，老婆却在家生了二小子，这石头白天跑到百雀山庙里喊冤，说村长稀里糊涂罚他的钱。我心里搁不下，就回家来瞧瞧，刚到门口就看到有个人影晃动，我估摸着是二小子的爹来了，便伏在树下观察，原来是石头。深更半夜的，他来我家门前干啥？我看就是罚他一百块大洋，也一点儿不冤他……”

大麻子村长听了这话，点点头，然后冲石头吼道：“马石头，你这个家伙居然说我糊涂，你深更半夜跑到和尚老婆家门前干啥？你十块大洋还没交呢，是不是又想再睡出个三小子来？来人，把他绑起来！”

几个保丁正要上前捆人，石头忙说：“且慢，今晚我到和尚老婆家门前来，不为别的，我是来捉马九的奸……”

村人一听，全糊涂了。石头说：“我白天遇上百雀庙的老和尚，老和尚听我说了和尚老婆的蹊跷事后，就说马九在庙里根本不守庙规，每过几天就要偷偷下山一趟，而且功德箱里的钱经常被人偷走，山门重地，除了庙里的和尚，没人能偷……”

村人得知这一情况，全都大吃一惊，大麻子村长又吼道：“马九，石头说的可是真的？”

马九气得脸红脖子粗，拿手指着石头，结结巴巴地说：“你……你……血口喷人！”

石头说：“你不承认是不？行！我认罚十块大洋，请村长和众位乡邻给我做主，让马九的老婆给我当老婆。”

大麻子村长一听，说：“嗯，这是个好法子，你既然认罚，说明马家二小子是你的种，你娶和尚老婆为妻，名正言顺。”

马九在一旁听得大汗淋漓，说：“别、别这样，我栽了石头哥的赃，我认……”

大麻子村长气得朝着马九就是一脚：“我说你怎么突然就当了和尚？祸害了佛门净地不说，还差点儿让石头背上黑锅。现在，我要罚你一百块大洋，让你花钱买个教训！”

马九从庙里偷回的钱刚盖了房子，现在哪来一百块大洋？大麻子村长见他不交，便带着保丁把他抓起来，绑在村公所前的柱子上，绑了一天一夜后，和尚老婆将新砌的青砖房拆了，正好卖了一百块大洋。

选村长选了把椅子

1

这年，我到唐竹乡挂职当个副乡长。适逢乡间搞村长选举，我被乡政府派到该乡刘畈村负责监督选举。

刘畈村只有两个自然村：周上垸和刘畈垸。周上垸的人都姓周，一共三百多口人，村庄坐落在鸡公岭山下一个小水库边。刘畈垸在周上垸东部，村庄的人都姓刘，一共有一千多口人，是个大村庄。

选举在村委会门前一个大院里进行。院子里很热闹，女人要比男人多。男人出门打工去了，有的没赶回来，便委托家中媳妇投票选村长。选民很庄严地把选票投进选票箱后，就在院子里等待着结果。

唱票的人喊了一声："刘狗子一票！"

写票的人就在黑板上写上刘狗子的名字，并在名字下面画上一杠。

接下来唱票的人喊了一声："椅子一票！"

写票的人就在黑板上写上"椅子"，也在下面画上一杠。

"周石子一票！""椅子一票！""椅子一票！"……

我想着乡下人取名字挺有趣的，有叫"狗子""石子"的，还有叫"椅子"的，我想等唱完票，倒要看看叫椅子的人是个什么样子。

一个多小时后，六百八十张选票唱完了。我看看黑板，统计结果显示，椅子一共有三百九十张选票！我高兴地站在村委会门前临时搭起的选举台上，宣布："椅了当选为刘畈村的村长！"接下来，应该请椅子上台来，给刘畈村的百姓作几句就职演说，我大声地喊："请椅子上台来！"

半晌，院子里的选民都坐在原地没动，也不说话。我感到很奇怪，又喊了一声："请椅子上台来！"院子里一个年轻男人站起来，径直走进村委会里，搬出一把老木椅子放在台上，响当当地说："范副乡长，咱村民选出的村长上台来啦！"

我大吃一惊，瞅瞅椅子。昨天，我到这村委会来，见这个有背靠的老木椅子是上一届村长刘狗子开会时坐的椅子。我板着脸瞅着眼前搬椅子的年轻人，说："你是谁？"

年轻人说："我叫周石子。"

我看了一眼黑板，周石子得一百六十张选票，刘狗子得一百三十张选票。我暗想着眼前的年轻人有可能选上村长，便让他退下。我环视一下选举会场，忍不住训话："乡亲们哪，政府让你们民主选村长，怎么选椅子？乱弹琴嘛！”

女选民叽叽喳喳地说：“我们是在选村长，不是乱弹琴嘛！”

我快气糊涂了，刚刚挂职当个副乡长，负责做的第一件事就是选把椅子当村长，闹出这天大的笑话，让上级领导知道了，怎么得了？我想再发火，站在台边的周石子说：“范副乡长，别发火了，我知道村民为啥选这把椅子当村长……”

2

刘狗子当村长之前，在村委会坐这把椅子的是年近六旬的周平旺。他有腰痛病，便从家里搬来一把椅子放在村委会里。说起他的腰痛病，是在三十多年前得的。当年，刘畈村称作刘畈大队，周平旺担任刘畈大队团支书，他带领大队的年轻人在鸡公岭山脚下修水库，不幸的是一天炸石头，他的媳妇被石头砸死了，也有一块石头砸了他的腰。他虽然大难不死，但从此落个腰痛病。他带病从团支书干到村支书兼村长，多年来，一心为民，办事公正，德高望重，这个村不管是周姓人还是刘姓人，没一个不服他。

周平旺的媳妇死后，一直未娶。结发妻子给他生有一女，周平旺供女儿读完了大学。女儿大学毕业后，嫁给一个博士，并随夫定居加拿大多伦多。女儿惦记着国内得腰痛病的父亲，多次打电话劝父亲到加拿大安度晚年。周平旺终于在四年前放下了村支书和村长的担子，去加拿大了。

周平旺走后，刘狗子当上了村支书兼村长。他上任这年，遇上天旱，鸡公岭水库的水已成了刘畈垸和周上垸稻田的救护神。水库不大，水放着放着，眼看不够了。水库在周上垸的地盘上，按说“近水楼台先得月”，但水哗哗经过周上垸的地界流进刘畈垸的稻田。刘姓的男人都扛着锄头站在水渠边，像一个个站岗的哨兵。周姓的男人岂能眼巴巴干望着？便挥起锄头挖水渠。结果两村的男人为争水打起来了。刘畈垸人多势众，周上垸人哪是对手！周石子见两村的人吵闹打架，怕闹出人命，跑进人群里劝和，没想到被人打了一木棍。周石子被打得头破血流，抱着头跑进村委会找刘狗子。

刘狗子正坐在周平旺坐过的老木椅子上。他是刘畈垸的人，自己家里的几亩稻田被水灌得满满的，心里正滋润着呢。他见周石子告状，说刘畈垸人不讲理，就拍着桌子说：“不就是放水库的水嘛！当年，刘畈垸的人也修了水库！”

周石子想着刘狗子心里向着刘畈垸的人，办事不公平。当年，周平旺老支书可不是这么处理问题的，遇到天旱，总是节约用水，让水流进两个村庄的稻田里，让禾苗平安地盼到下雨天，可现在水库的水全都哗哗流进刘畈垸的稻田。周石子看着刘狗子跷着二郎腿坐在木椅子上抽烟训人，眼睛红起来。他是个热血青年，尽管刘狗子是一村之长，但他不满意刘狗子这种做派，说：“你这个偏心眼儿的，有什么资格坐在老支书的椅子上？不如趁早滚！”

刘狗子一听，火冒三丈：“放屁啊！我就坐在老支书的椅子上，你还能怎么的？头被打出血了，该当的！”正这么说着，办公桌上的电话响了。刘狗子拿起话筒，不禁一怔：“老支书啊？”

周平旺从加拿大打回了电话，他身在异国，仍关心着村上的事。他通过电视得知国内家乡一带闹大旱，便给村委会打电话，说：“刘狗子，家乡闹大旱了，咱刘畈村有个小水库，你要带领村民合理利用水库里的水，会渡过旱灾的。千万要注意两个村庄不要为水的事争吵打架，闹出人命来。”

刘狗子接到了这么个越洋电话，心里打着鼓儿。尽管周平旺现在不是村干部了，还居住在国外，但刘狗子心里仍然发虚。县里数任县委书记都很敬重周平旺，刘狗子不敢直言相告，转转眼珠，看着周石子流血的脑袋，对着话筒说：“老支书，你放心吧，我会好好利用水库的水的。两个村的人都很好呢，没争水，更不可能闹出人命。你在国外尽管放心。”然后就挂上了电话。周石子气愤地说：“你骗老支书！”

刘狗子坐在椅子上跷着腿说：“我骗老支书，关你什么事儿？你有什么资格跟我说这些没油盐的话？”

周石子只得转身离去，回到周上垸，见村口聚集了很多人。

周石子就把周平旺老支书打回电话以及刘狗子说谎的事告诉了村上的人。周上垸的人闹成一锅粥。既然周上垸人打不过刘畈垸人，一村之长又不做主，只有想办法把真实情况告诉周平旺老支书，让他回来救救周上垸一千多亩快要干死的禾苗啊！周石子从村委会来电显示的电话里查到了一个加拿大的电话，然后就去镇上邮政所打电话。

周平旺在女儿家接到了周石子的电话，得知家乡两个垸的人为水打架，周上垸的禾苗快要旱死了，焦急起来，说：“石子，千万别为水的事闹出人命，我在三天之内赶回家！”

周上垸的人听说周平旺要从加拿大赶回来，天天在村口盼着。只要周平旺老支书回来，就好啦！三天过去了，周平旺没回来。又过了一个礼拜，周平旺的女儿捧着一个骨灰盒出现在村头小路上。周石子一愣，忙奔过去，周平旺的女儿流着泪，告诉他一件很不幸的事：她的父亲接到家乡人的电话，急匆匆去机场，结果路上出了车祸。

周石子脑袋嗡的一声，嗵地跪了下来。周上垸的人呜咽而泣，都跪在村口，迎接着只有一把骨灰的老支书还乡。

3

我知道了这把椅子的老主人的故事，对老支书肃然起敬。但起敬归起敬，不能选老支书坐过的椅子当村长。我决定明天再选一次村长。

这天晚上，我走访了刘畈垸的几户农家。一个老汉告诉我：那年，老支书骨灰还乡后，周上垸人的希望破灭了，悲伤地埋葬了老支书的骨灰，再不打算跟刘畈垸的人争水，男人卷起被子出远门打工。雨季来临后，干死的禾苗再也活不过来了。那年秋天，刘畈垸的人拿着镰刀收割稻谷时，抬头望一眼周上垸的田野，没有收割稻谷的人，田地长满杂草，一片荒凉。刘畈垸的人面对自己丰收的稻田，心里却沉重起来。

老汉说：“我们刘畈垸的人都很内疚。这次选村长，我投的是周上垸那个叫周石子的年轻人一票。当年，他劝两村人不要打架，却被刘畈垸的人打破了头，这一回，他听说村里要换届选村长，从外面赶回家竞选村长。我投了他一票，又担心他当上村长后报复刘畈垸的人，便叫我老伴投椅子一票。”

“是呀，我投了椅子一票。”老汉的老伴凑近我，说，“我只盼有个像周平旺那样的人出来当村长，把刘畈垸和周上垸这两碗水端平。”

我哭笑不得，虽然村民的愿望是好的，可椅子当不了村长啊！

第二天选举时，我给选民讲了一番话，希望大家选出自己满意的村长。我担心村民仍选椅子，就把当年周平旺老支书坐的椅子搬到村委会门口放着，坐在上面。我暗示选民，四只脚的椅子是坐的，当不了村长。

选民们看着我，交头接耳地议论了一会儿，便开始投票。接下来，就唱票了。

唱票的人高喊一声：“椅子一票！”

我一个激灵，从椅子上跳起来，脸上淌着冷汗，呆站在椅子旁边一动不动。

“椅子一票！”“周石子一票！”“椅子一票！”……票唱完了，统计结果显示，椅子和周石子的票各占一半。我嘘了口气，抹一把脸上的汗。周石子的票达到半数，我当即宣布：“周石子当选刘畈村村长！”

选举就这样结束了。我让周石子领我去看周平旺老支书的墓地。老支书和媳妇的墓葬在鸡公岭山下靠近水库的一块高坡上。当年，他的媳妇因修水库而死，而他则为两村争水库的水而命丧异国。如今，坟上已长满了青青的草。

此后，我常抽空儿去刘畈村看看。有一次，我去刘畈村，碰到周石子在村委会开会，他把那把木椅子擦得干干净净，放在会议室中间。没人坐这把椅子，仿佛周平旺公正无私的灵魂坐在上面召集着村干部开会。